Mewes Maren

Corona Dolos

Eine Protokoll-Erzählung

© 2021 Mewes Maren

Herstellung und Verlag:
BoD – Books on Demand, Norderstedt

ISBN: 978-3-740-780159
TWENTYSIX – Der Self-Publishing-Verlag
Eine Kooperation zwischen der Verlagsgruppe Random House und
BoD – Books on Demand

Prolog

1. „Wie bin ich denn nun hierher gekommen? Und warum?" Demonstrativ lasse ich meinen Blick von der Höhe des Gebirgszuges hinunter ins langgezogene Tal fallen. „Hier ist ja nicht mal der Hund begraben und einen Zaun über den man tot hängen möchte gibt es auch nicht."

Meine Mutter ist ja schon immer recht geheimniskrämerisch gewesen. Das brachte ihr Job wohl mit sich. Die eigene Tochter entführen zu lassen, geht aber eindeutig zu weit?

Und dann noch in diese abgelegene Gegend. In diese Finca, die an den Felsen gebaut, teilweise sogar hinein gehauen war. Was sollte das?

„Das ist nicht mit ein paar Worten zu erklären. Aber glaube mir. Ich habe es mir nicht ausgesucht", orakelt sie. „Mich einfach zu Dir verschleppen lassen. Du bist doch nicht mehr ganz dicht", rege ich mich auf.

„Kathy, lass es mich doch erklären. Es ist kompliziert", bettelt sie, „gerade Du solltest mich doch verstehen. Deine Generation ist ja ohnehin in einer Welt groß geworden, die kaum noch zwischen Fakten, Fakes und Marketing unterscheidet."

Was ist das denn für eine Einleitung? Klar, in etwa so habe ich einmal begründet, warum ich Geschichte und Politik studiere. Trotzdem.

2. Nun gut. Besonders gefühlsduselig sind wir beide nicht. Damit wir uns nicht falsch verstehen. Ich liebe meine Mutter, sie mich auch, glaube ich. Und wenn sie Kathy statt Katharina sagt bin ich sogar sicher, das es so ist.

Früher hat mich ihre 'Déformation professionnelle' genervt, so sehr, dass ich mit 18 ausgezogen bin. Damals erzählte sie mir kaum noch etwas von sich, wollte aber von mir immer alles wissen. Sie ist nämlich Staatsanwältin, Oberstaatsanwältin genau genommen.

Kein Grund, einfach für ein ganzes Jahr von der Bildfläche zu verschwinden. Ohne mir etwas zu sagen. Das passt doch nicht zu ihr. „Du bist ja eigentlich ein bürokratisches Fossil, das in der Nachkriegszeit vergraben wurde."

Sie ist nicht mal beleidigt und lächelt sogar. „Nur Schnee von gestern, der inzwischen geschmolzen ist. Das hat nichts mit der Erderwärmung zu tun. Na ja, mit dem Klimawandel irgendwie schon."

3. Ich mache mir ernsthafte Sorgen um ihre geistige Verfassung. Zu wirr sprudelt es aus ihr heraus. Verstanden habe ich bisher nur, dass sie sich jetzt Truth nennt und „einer apokalyptischen Organisation das Handwerk legen" will.

Ich bezweifle, dass die Aufzeichnungen und O-Töne, die sie mir zeigen will, daran etwas ändern werden.

Februar 20: Check-in

Ankunft. >> „Nehmen Sie die Hände hoch und steigen Sie aus!", quäkt es aus dem Ohrstöpsel, der zu meinem winzigen Sprachcomputer gehört. Den hat der Professor jedem von uns kurz vor der Landung um den Hals gehängt.

Durch die Fenster sehen wir einige Uniformierte, ihre Gewehre ein wenig zur Seite schwenken, um die Worte zu unterstreichen. Maschinengewehre? So sehen die Dinger wenigstens aus. Oder wie kleine Laserkanonen. Ziemlich martialisch auf jeden Fall.

Ich versuche ruhig zu bleiben, auch wenn mir mein Herz bis zum Hals klopft. Natürlich leiste ich der Aufforderung Folge. Wie die anderen auch.

„Euer Fahrzeug ist als gestohlen gemeldet," klärt uns ein vierschrötiger Typ bärbeißig auf. Die schwarze Atemmaske vor seinem dunklen Ledergesicht verstärkt den bedrohlichen Vorwurf. Vier Kollegen von ihm tragen den gleichen Mund-, Nasenschutz und schauen uns nicht gerade freundlich an.

Mit weichen Knien folge den Anweisungen und steige aus. Wir müssen uns in Reih und Glied aufstellen und werden von oben bis unten abgeklopft. Widerwillig, so als sei ihnen die Berührung genauso unangenehm wie mir.

„Das übliche Prozedere", raunt der Professor und zwinkert uns beruhigend zu.

Lächelnd wendet er sich dem Vordermann der kleinen Schutztruppe zu. „Ich habe uns angemeldet. Fünf Hannoveraner und mich."

Der nickt. „Okay. Ihr könnt die Arme wieder herunternehmen. Folgt mir ins Büro." Und zum Professor. „Alles klar, Rainer. Deine Wohneinheit ist A27, der Schlüssel steckt."

Dr. Rainer Müllenweber unser Professor Untergang, schüttelt den Kopf. „Vielen Dank, aber ich möchte erst noch die Neuen begleiten."

Der Truppführer wirkt nicht überrascht. „Asalan!", stellt er sich vor und sieht mich dabei an, als wolle er sich dafür entschuldigen. Keine Ahnung, ob das sein Name oder seine Dienstbezeichnung ist.

2. Über dem Eingang des Gebäude hängt ein Schild auf dem ´el concejo´ steht. Das Rathaus?

Wir gehen hinein und kommen in ein Foyer mit einer Art Empfangstresen. Auf sein Handzeichen hin nehmen wir auf den Stühlen direkt neben dem Eingang Platz. Die gegenüberliegende Wand erinnert mich mit ihrer metallischen Optik an die hohen Einbauschränke mit Mikrowelle, Backofen und Spülmaschine in meiner Küche.

Asalan nimmt unsere Personalien auf in dem er unsere Angaben leise aber deutlich wiederholt. Einen Ausweis verlangt er nicht.

Na ja. Nicht direkt. „Haben Sie mir etwas zu zeigen?", fragt er stattdessen. Wieder schaut er mich an.

Ich gebe seinen Blick an den Professor weiter. Der krempelt gerade seinen rechten Hemdärmel hoch bis eine Tätowierung sichtbar wird.

Der Aufsichtsbeamte führt das Gerät dicht an seinen Unterarm bis ein hoher Pfeifton zu hören ist.

Asalan nickt mir zu und ich zeige ihm was er sehen will. Kein Problem bei meiner weiten Bluse. Diesmal piepst es ein wenig dunkler.

Er streift mit seiner Hand über etwas, das auf seinem Schreibtisch liegt. In der Küchenzeile hinter ihm blinkt ein grünes Licht dessen leises Surren unangenehm in meinen Ohren klingt.

Die gleiche Aktion wird nun auch bei den anderen durchgeführt. Die Tätowierungen auf ihren Armen erzeugen ähnlich fiepende Signale.

3. Ein Mann im weißen Kittel und gleichfarbiger Schutzmaske betritt den Raum, geht zu Karlheinz und zieht etwas aus dem Holster an seinem Gürtel, das aussieht wie eine Pistole.

„Ihre Hand", kommandiert er, greift aber schon selbst danach und drückt die Pistole auf den Unterarm, bevor der überhaupt reagieren kann. „Autsch", knurrt der und schaut auf den winzigen Einstich in seinem Arm.

Der Weißkittel steht bereits vor mir und streckt seine Hand aus. Ich halte sie ihm hin, da pieckst es schon an meinem Unterarm. Der Vorgang wiederholt sich noch vier mal, dann nickt der Mann Asalan zu und macht sich mit unseren Blutproben davon.

4. Ein Uniformierter tritt vor und hält eine eckige Plastikschale auffordernd vor uns hin. „Führen Sie einen Laptop oder irgendein anderes Kommunikationsmittel bei sich?"

Er spricht sehr leise, aber die Übersetzung seines elektronischen Dolmetschers ist gut zu hören. Wie die anderen auch muss ich mein Handy hineinlegen.

Eine Minute später ist er schon wieder verschwunden und wir ohne jede Möglichkeit Kontakt nach außen aufzunehmen.

5. Asalan drückt uns Frauen ein ordentlich zusammengefaltetes Kleiderbündel in die Hand. Seine braunen Augen sind auf mich gerichtet. „Tut mir leid, aber im Moment muss das sein!"

Ich komme mir vor wie eine Verurteilte, die ihre Haftstrafe antritt. Die Klamotten sind allerdings nicht hellgrau gestreift, sondern dunkel, wie eine Nonnen-Tracht.

Die Miene des Befehlshabenden entspannt sich. „Ich bringe euch jetzt in die Gemeinschaftsunterkunft. Dort bleibt ihr bis zur Klärung eures Status und dem Abschluss der Integrationskurse."

Cascata. Der Professor hat uns tatsächlich uns in dieses Hochgebirgstal in den Pyrenäen gebracht. Das Dorf trägt den schönen Namen Cascata und liegt an einem kleinen See mit Blick auf einen spektakulären Wasserfall, der mehr als fünfzig Meter in die Tiefe stürzt.

Am Hang oberhalb des Ortes schaut eine schlossähnliche Villa wie eine Trutzburg auf uns herab. Gegenüber der Ortseingang mit einem etwas größeren Haus auf dem gut sichtbar ´*Minucipio*´ zu lesen ist.

2. Unsere Unterkunft befindet sich am Rande einer Siedlung im Zuckerbäckerstil, die mich an eine Ferienanlage erinnert. Ein langgestrecktes, zweistöckiges Gebäude mit einem Foyer, ähnlich dem Empfangsraum eines Hotels mit Hinweisschildern zum Gemeinschaftsraum und zur Terrasse.

Ich versuche mich zu orientieren, wie man es ja auch zu Beginn eines Urlaubs macht, wenn man zu seinem Quartier für die nächsten Tage geführt wird.

Die Zimmernummern finden sich auf den Schlüsseln wieder, die man uns gegeben hat. Jeweils einen für Sana und Karlheinz und einen für Lisa und Willy.

Mir ist ein Einzelzimmer zugewiesen worden. Das kenne ich ja schon von meinen Dienst-- und Urlaubsreisen.

3. Es geht durch einen breiten Flur vorbei an der Terrasse, die nicht besonders einladend aber ziemlich groß erscheint. Vor unseren Zimmertüren trennen wir uns. Ich schließe auf und gehe hinein.

Keine Überraschung. Der Raum ist nichtssagend, bietet aber hinreichend Platz und ist mit dem notwendigsten ausgestattet. Ein kleiner Schrank steht in der Ecke. Er ist leer und bleibt es auch. Ich war ja genauso wenig wie die anderen dazu gekommen so etwas wie ein Reisegepäck mitzunehmen. Das Kleiderbündel, das man mir in die Hand gedrückt hat, lege ich auf dem Nachttischschränkchen ab. <<

Mehrheitsverhältnisse. >> Eine Stunde später sitzen wir zu fünft draußen auf der Terrasse und warten auf den Professor. Er ist ja der einzige von uns für den hier nicht alles neu ist.

„Habt ihr Euch mal die Broschüren angesehen, die in den Zimmern ausliegen?" Lisa wirkt ein wenig aufgebracht. „Noch nicht", räumen wir ein.

„Sprach- und Integrationskurse zum sozialen Miteinander und der Befreiung von westlichen oder östlichen Ideologien", fährt sie angespannt fort und schaut uns an. „Kommt Euch das nicht bekannt vor?" Sie schnauft. „Diese Gemeinschaftsunterkunft ist nichts anderes als ein Flüchtlingslager."

2. Ich höre Schritte im Gemeinschaftsraum. Sie kommen näher. Da steht auch schon der Professor in der Tür. „Tut mir leid!"

Er tritt zu uns auf die Terrasse. „Die Mehrheitsverhältnisse haben sich verändert. Seit ich zuletzt hier war, sind hier viele Leute zugezogen." Er setzt sich hin.

Wovon redet er? Die Frage steht auch den anderen ins Gesicht geschrieben. „Die Konservativen haben jetzt das Sagen." „Ja und?", spricht Willy aus, was ich mich frage.

Der Professor setzt sich auf einen der freien Stühle. „Genau weiß ich das noch nicht. Aber für die Frauen sieht es nicht gut aus. Ihre Rolle ist jetzt bestenfalls noch alttestamentarisch."

Hmh? Das alte Testament? Ich bin alles andere als begeistert. „Katholiken?" Rainer verzieht den Mund. „Muslime, auch noch strenggläubig!"

Hmh? Ich habe die Berichterstattung über die Taliban in Afghanistan vor Augen. Sehe die verschleierten Frauen und zerstörten Schulen vor mir. „Ach Du Scheiße!"

Er hebt den Kopf, als wollte er uns aufmuntern. „Immerhin ist Asalan ja eher gemäßigt. Und die Integrationskurse sind zentral, also in jedem Biotop gleich!"

Keine Ahnung, warum es so wichtig sein soll, wie dieser Asalan tickt. Ein komischer Typ, der mich an einen Beduinen erinnert. Ich stelle mir vor, dass er sein Kamel hinter dem Haus angebunden hat. <<

Nachgefragt

„Warum erzählst Du mir das? Das hast Du Dir doch ausgedacht?" Ich werfe meiner Mutter einen besorgten Blick zu. „Geht es Dir nicht gut? Du siehst ein wenig blass aus."

„Na ja, ich weiß eben nicht, ob Du hier wirklich sicherer bist als zu Hause." Sie seufzt: „Oder ob ich Dich erst recht in Gefahr gebracht habe."

Hmh? Sonderlich beruhigend klingt das nicht. „Wie bist Du überhaupt auf die Idee gekommen? Du bist doch nicht der Typ, der unüberlegt handelt?"

Sie nickt gottergeben. „Es ist verrückt. Wir nennen ihn meistens nur 'Professor Untergang´. Ein Wissenschaftler, der eigentlich Dr. Dr. Rainer Müllenweber heißt, hat das ganze eingefädelt."

Ich schiebe die Frage nach ihrem Geisteszustand erst mal zur Seite. „Wie fädelt man denn ein, dass sich jemand in einem abgelegenen Bergdorf mit irgendwelchen Phantasiegestalten wiederfindet?"

Ihre Hände krampfen sich zusammen. „Kathy, ich weiß doch selbst, wie sich das anhört. Man muss die ganze Geschichte kennen, um es zu verstehen."

Geduld ist nicht meine Stärke. Aber sie ist ja meine Mutter. „Okay, wie kam es denn dazu, dass Du hier gelandet bist?" Sie nickt, schiebt einen Stick in den Laptop und öffnet die Datei. „Also, das war so."

| Januar 20: Ein luxuriöses Fluchtfahrzeug |

Amphibie. >> Willy hat mich in der letzten Zeit mit Anrufen regelrecht bombardiert und will wissen, wo der Professor zu erreichen ist. Leider habe ich selbst keine Ahnung, denn das was ich in den Akten finde, stellt sich als falsch heraus.

Heute Morgen hat Rainer sich endlich bei mir gemeldet und sogar ein gemeinsames Treffen vorgeschlagen. Auch das Fähnlein der vier Aufrechten, wie er es ausdrückte, sei ihm willkommen. Ich war natürlich erleichtert. Auch weil er unser unterirdisches Verhalten vom letzten Mal nicht übel nahm.

2. Ich habe ihn schon vor Willys Haus gesehen, als ich wegen eines ungewohnten Geräusches zum Fenster gegangen bin. In diesem Moment steigt er nämlich aus einem Wagen.

Geradezu lachhaft. Ich interessiere mich ja nicht für Autos. Schon gar nicht für diese amerikanischen Angeber-Schlitten aus den 60er oder 70er Jahren mit den ausladenden Heckflossen und Motorhauben, die mich an einen aufgerissenen Raubtierrachen erinnern.

Genauso ein Teil steht jetzt auf der Straße direkt vor dem Haus zwischen zwei winzig wirkenden anderen Autos. So eng eingeparkt, dass ich mich frage, wie das Monstrum da wohl hinein gekommen ist.

2. Das laute Klingeln ist nicht zu überhören. Willy geht zur Tür und macht sie auf. Ich folge ihm in den Flur. Will sehen, ob es tatsächlich der Professor ist.

Da steht er dann auch. Mitgenommen sieht er aus. Das Gesicht hager und eingerahmt von den üblichen grauen Locken und einem weißen Dreitagebart.

Den Impuls ihn zu umarmen kann ich erst ich im letzten Augenblick unterdrücken. Auch er lässt seine Arme sinken, die er wie ich bereits ein Stückchen angehoben hatte.

3. „Nettes Schlachtschiff!", begrüße ich ihn verlegen und deute mit dem Kinn auf die Straße. Er grinst: „Schlacht wohl nicht, aber Schiff stimmt schon. Ein Amphibien-Fahrzeug."

Hmh? Ich wusste gar nicht, dass solche Dinger überhaupt noch gebaut werden. Das sage ich auch.

„Na, wenn der Meeresspiegel steigt, sind die Dinger doch ganz praktisch", gibt er amüsiert zurück. „Wahrscheinlich kann das Monstrum auch fliegen", scherze ich.

Er geht auf meine Flachserei ein. „Klar. Es kann neun Personen samt Gepäck transportieren." <<

Genesis. >> Eine halbe Stunde später sind auch die anderen da. Ihre Fragen nach seinem Befinden sind nicht nur Höflichkeit. Sie wollen genau wie ich natürlich wissen, wie es ihm ergangen ist.

Lisa hat sogar eine Torte für ihn gebacken, auf der mit weißem Zuckerguss `Für den gesunden Untergang` geschrieben steht.

Na ja. Ihr Humor gefällt nicht allen. Rainer und mir schon. Es passt ganz gut zu den Ereignissen des letzten Jahres, als Willy unter Mordverdacht stand und sogar in eine geschlossene Anstalt eingewiesen worden war.

Rainer hatte sich ebenfalls in die Klinik einliefern lassen um das Schlimmste zu verhindern. Seine Horrorphantasien, die ihm den Spitznamen Professor Untergang einbrachten, haben Willy angeblich „so sehr gefordert, dass ich keine Zeit hatte, auch noch selbst verrückt zu werden."

2. „Sag mal, warum eigentlich das Attentat auf Dich? Und warum musste Severin sterben?", komme ich auf das zurück, was mich eigentlich interessiert.

„Dazu muss ich ein wenig ausholen", beginnt er zögernd, „ursprünglich ging es um den Kaufvertrag für das Grundstück in den Pyrenäen. Wir wollten herausfinden, wieso der bei Willys Behörde gelandet war." Er schaut mir ins Gesicht. „Der ist zwar schnell wieder einkassiert worden, aber es ist ja möglich, dass Kopien davon gemacht wurden." „Willys Behörde?" Lisa.

Er nickt. „Dazu muss man wissen, dass die Organisation solche Verträge oft über nachgeordnete Behörden laufen lässt." „Warum? Das ist doch riskant?" Karlheinz.

Seine Stirn legt sich in Falten: „Das wirkt zum einen seriös und verhindert zum anderen, dass Genesis wegen der Vielzahl und Größe der erworbenen Areale zu viel Aufmerksamkeit erregt."

Achselzuckend fährt er fort. „In diesem Fall hat einer der damit beauftragten Beamten wohl ziemlichen Mist gebaut. Wie soll ich es sagen? Die Frage war ja, wieso der Vertrag nicht abschließend durch die vorgesehene Behörde bearbeitet, sondern einer anderen Stelle zur Prüfung zugeleitet wurde. Dadurch war das ja erst aufgefallen."

Er zögert einen Moment. „Vermutlich wurde Severin von jemanden aus dem konservativen Lager von Genesis mit den Ermittlungen beauftragt. Der hatte als Polizeipsychologe ja schon öfter Untersuchungen bei Behörden durchgeführt."

Die Falten in seiner Stirn vertiefen sich: „Kurz gesagt, bin ich im Auftrag einer oppositionellen Gruppe da gewesen, um zu sehen, ob Severin selbst in die Sache involviert war."

3. Willy geht ernsthaft darauf ein. „Und deshalb wollte Severin Dich beseitigen?" Rainer verschränkt die Arme vor der Brust. „Na, zuerst wollte er Dich aus dem Weg räumen."

Er räuspert sich: „Na ja, zumindest das was sich in Deinem Kopf befindet." „Und Du wolltest das verhindern?", vermute ich.

„Severin ahnte, weshalb ich in die Anstalt gekommen war", weicht er mir aus. „Und deshalb ist er jetzt tot?" Karlheinz.

Rainer zuckt mit den Achseln. „Da kann ich nur spekulieren. Vielleicht hat er die Nerven verloren, weil er mit Willy nicht weiter kam. Wahrscheinlicher befürchtete er, dass ich ihm auf die Schliche gekommen bin. Wir vermuten schon länger, dass es einige Fundamentalisten gibt, die am Parlament vorbei Biotope nur für ihre Klientel einrichten wollen. Und als Severin dann den Eindruck haben musste, dass ich auch noch mit Willy zusammenarbeite hat er versucht mich zu beseitigen. Daraufhin wurde er von Genesis als Risikofaktor eingestuft und eliminiert." <<

Biotope. >> „Der Agent, der aus der Klapse kam", verdrehe ich die Augen. „Verrückt", höre ich Sana murmeln. Die anderen schütteln nur den Kopf.

Unbeeindruckt berichtet der Professor nun, dass er sich in den letzten Wochen in verschiedenen Genesis-Standorten aufgehalten habe. Wo genau die wären könnte er uns natürlich nicht sagen.

Standorte? Gemeint sind die Areale für den Aufbau von Biotopen in denen angeblich einige Auserwählte auch nach einer Klima-Katastrophe überleben können.

Er bleibt also bei seiner alten Geschichte von einer weltweiten Verschwörung, die den Untergang der Menschheit plant.

Dahinter sollte angeblich eine Regierung oder Parlament sehr reicher Leuten stecken.

„Ach ja. Und die nennen sich Genesis. Wie die Schöpfungsgeschichte?", amüsiere ich mich skeptisch.

Er nimmt es mir nicht krumm. „Ja, ich habe recherchiert und so einiges herausgefunden. Das könnte euch auch interessieren. Fragt mich ruhig."

2. Ich nehme ihn beim Wort. „Diese Standorte? Da kommt natürlich nicht jeder rein?" „Natürlich nicht. Da gibt es eine Tätowierung mit einem Signalcode", nickt er und erklärt, dass jedem Zugangsberechtigten ein blauer oder grüner Delfin eintätowiert würde. In den Unterarm, weil normal nicht zu sehen, aber leicht vorzeigbar.

Diese Tattoos seien absolut fälschungssicher. Nicht nur, weil sie so filigran sind. Sie gäben auch eine ganz bestimmte, wenn auch sehr schwache Strahlung ab. Einen Signal-Code, der von den Lesegeräten der Sicherheitskräfte erkannt würde und so den Zutritt erlaubte.

Das wäre für die vielen Millionen Zugangsberechtigten der einzig mögliche Weg sich auszuweisen. Listen oder Dateien der ausgewählten Personen zu führen, wäre in diesem System ja zu kompliziert. „Niemand hat schließlich einen Überblick über die vielen Menschen, die ausgewählt wurden." <<

Klingelton. >> Das laute Surren eines Handy verhindert, dass er von mir eine passende Antwort bekommt.

Jeder von uns kramt in seiner Tasche herum. Haben wir alle den gleichen oder einen ähnlichen Klingelton eingestellt?

Möglicher Weise geht es den anderen wie mir. Ich kann mir nämlich nicht merken, mit welchem Geräusch sich mein Handy meldet. Es ist tatsächlich meins.

2. „Wo ich mich im Moment aufhalte, tut nichts zur Sache!", beende ich verärgert das Gespräch und schalte mein Handy aus.

Ich wende mich Willy und den anderen zu. „Verdammter Mist! Die haben die Waffe, mit der dieser Polizeipsychologe Severin erschossen wurde, in Willys Zimmer gefunden."

Die irritierten Blicke der Anwesenden überraschen mich nicht. „Das Motiv liegt auf der Hand. Er hat Willy alles andere als fair behandelt und wollte ihn unbedingt für verrückt erklären lassen. Wahrscheinlich werden sich auf der Waffe auch die passenden Fingerabdrücke finden."

„Nicht schon wieder", brummt Willy. Karlheinz und Sana sind schockiert. Sie sehen mich an, als rechneten sie mit dem Schlimmsten. Befürchten sie etwa, dass ich Willy nun verhaften werde?

Beide rücken näher an ihn heran als müssten sie sich nun vor ihn stellen und Lisa sieht mich wütend an.

3. „Die werden sicher gleich hier aufkreuzen", stelle ich fest und warte auf ihre Reaktion. Statt Willy oder einer der beiden Kriminalbeamten meldet sich Rainer zu Wort. „Ich würde mir das ganze lieber von draußen ansehen."

Was sollte das denn? Entgeistert sehe ich die anderen an. Doch da hätte ich gleich in einen Spiegel schauen können.

„Am besten ihr verschwindet alle von hier!" Rainers Grabesstimme klingt ganz nach Untergang. Lisas Empörung ist nicht zu übersehen, aber sie schafft es sich auf eine beinahe ironische Bemerkung zu beschränken. „Draußen ist es ziemlich kalt. Ich bleibe lieber hier bei Willy." Karlheinz und Sana nicken beifällig.

Rainer macht eine wegwerfende Handbewegung. „Wir können uns ja in meinen Wagen setzen. Da ist es warm und sehr gemütlich." <<

Stretch. >> Er hat nicht zu viel versprochen. Sein Schlitten ist innen wie eine dieser langen Luxus-Limousinen ausgestattet. Und so sitzen wir nun auf beiden Seiten in bequemen Polstern. Zwischen uns sogar ein kleines Tischchen.

Ganz so, wie ich es einige Male im Fernsehen gesehen habe. Diesmal feiern sich aber keine reichen Prominenten oder halbseidene Typen aus dem Rotlichtmilieu in diesem rollenden Separee sondern wärmen sich ein paar Normalos auf. Und in den Gläsern, die vor uns stehen, ist nur Wasser statt Champagner.

Na ja. Wahrscheinlich müssen wir noch weiter fahren. Unser protziges Mobil steht ja nicht mehr vor Willys Haus.

Ich war ebenso erstaunt wie die anderen gewesen als Rainer das Schlachtschiff so mühelos aus der Parklücke setzte, als könne das Ding sogar seitwärts fahren.

Er hat es dann in einem großen Bogen in eine höher gelegene Parallelstraße gesteuert. Von hier aus können wir nun aus knapp hundert Metern auf Willys Haus herunterschauen.

2. Nun sind sie da. Das SEK. Aus zwei Mannschaftswagen stürmen ein Dutzend dunkel gekleidete Männer heraus und hin zum Hauseingang. Die weiße Aufschrift ´Polizei´ auf den Schutzwesten ist auch auf diese Entfernung noch zu ahnen.

Ihre lauten Stimmen sind sogar bis hier zu hören. „Hier ist die Polizei. Kommen Sie mit erhobenen Händen heraus."

Hmh? Das ist anders als beim letzten Mal. Da haben sie noch an Willys Tür geklingelt.

Sie wiederholen ihre Aufforderung. Noch lauter, denn dieses mal benutzen sie ein Megaphon.

Das dritte Ultimatum kommt direkt hinterher. Genau wie zwei Beamte, die etwas schweres mit sich schleppen. Sie stellen sich direkt neben die Haustür, während ihre Kollegen die Maschinenpistolen auf das Haus richten. Die mit dem Ding in ihren Händen nehmen Schwung. Ein Rammbock? Ziemlich klein.

Ein lautes Krachen und der Weg ins Haus ist frei. Ich sehe die Arme einiger Polizisten hoch in der Luft. Sie holen Schwung und werfen etwas. Durch die Tür. Es knallt, blitzt und zischt. Aus dem Flur dringt Qualm, der immer dichter wird.

Die schwarz Uniformierten ziehen sich Masken über ihr Gesicht und sind nun ganz vermummt. Sie bücken sich und werden von ihren Maschinenpistolen regelrecht ins Haus hinein gerissen. So sieht es für mich aus.

Aus dem Inneren dringt dumpfes Gemurmel. Die draußen verbliebenen Beamten schauen sich nervös um.

3. „Wir sollten verschwinden", flüstert Lisa, „die sperren sicher gleich das Viertel ab." Da sehen wir es auch schon. Gar nicht mal so weit entfernt flackern einige Blaulichter auf. Aus beiden Richtungen! Dann sind auch die Sirenen zu hören.

Und jetzt das Flappen der Rotorblätter eines Hubschraubers über uns, dessen greller Lichtfinger die Umgebung abtastet.

Rainer drückt einen Knopf. Die Scheiben unseres Wagens tönen sich dunkel bis von dem Spektakel nichts mehr zu sehen oder hören ist.

Er schaut uns der Reihe nach an. „Was ist mit euch? Noch könnt ihr aussteigen? Ich muss hier weg." „Was heißt weg? Die haben uns doch eingekesselt. Hier kommen wir nicht mehr raus!", brummt Sana vorwurfsvoll.

„Also? Wer will aussteigen? Ich fahre jetzt los?", wiederholt Rainer, wieder ganz Professor Untergang.

„Na los", brummt er, „entscheidet Euch!" Die Türen seines Wagen öffnen sich, heben sich wie zwei Flügel nach oben.

Willy drückt Lisas Hände. „Bitte, Du musst mit den anderen aussteigen. Ich melde mich später bei Dir. Bitte versteh mich. Noch mal die Klapsmühle? Das schaffe ich nicht. Lieber tue ich mir Rainers Wahnsinn an!" <<

Countdown. >> „Los raus! Ich zähle bis fünf!" Rainer beginnt tatsächlich laut zu zählen. Niemand rührt sich. Sana schaut Karlheinz an, Lisa Willy und ich Rainer. Beamtenmikado? Wer sich zuerst bewegt hat ja verloren.

„Fünf!" Rainers Hand legt sich aufs Armaturenbrett. Die Türen gehen schmatzend zu. Er sieht uns an und wartet. Ich auch. Nämlich darauf, dass er losfährt.

Doch es bleibt mucksmäuschenstill. Minutenlang. Ich kann den Atem der anderen hören.

2. Ein Geräusch lässt mich zusammen zucken. Ich sehe mich um. In der schwachen Innenbeleuchtung kann ich nichts erkennen. Nur den Professor, der gerade sein Wasserglas auf dem Tisch abstellt. Hmh? Ich hätte nie gedacht, das jemand derart laut schlucken könnte. Dann wieder Stille.

3. Endlich durchbricht Sana das zähe Schweigen. „Was ist denn, Rainer? Warum fährst Du nicht?"

Der zuckt lächelnd mit den Schultern, hebt die Hand und deutet mit dem Kinn zum Autofenster. Ich folge seinem Blick, brauche aber einen Moment es zu bemerken. Wir können wieder durch die Scheiben hinaussehen.

Mir stockt der Atem. Tief unter uns die Lichter einer Stadt. Wir sind mindestens einen Kilometer hoch. Wie ist das möglich? Einbildung? Oder habe ich mich jetzt in den Wahnvorstellungen des Professors verfangen?

4. „Ich habe euch auch etwas mitgebracht, ein Gastgeschenk sozusagen." Er kramt in seiner Tasche herum und holt mehrere Halsbänder heraus. „Bitte sofort anlegen. Wundert euch nicht, da ist eine Übersetzungshilfe und ein Aufzeichnungsgerät drin. Ich werde Euch später sagen, wie die funktionieren."

5. Obwohl ich seinen Worten aufmerksam folge, verstehe ich das meiste kaum. Er wird ein wenig lauter: „Einige Ressorts sind schon fertig, aber noch nicht abgeschottet. Sie können bereits wie ganz normale Siedlungen als Auffangstationen genutzt werden. Man achtet aber sehr darauf, dass nur Zugangsberechtigte hineinkommen und sich dort einquartieren können."
Karlheinz: „Fällt das den Behörden nicht auf?"

Rainer: „Abgelegen, wie die sind, verirrt sich da sowieso kaum jemand hin. Staatliche Stellen schon gar nicht."

Er zögert: „Wir sollten mit unserem Aqua-Jet nach Nord-Finnland oder in die Pyrenäen fliegen. Da dürften wir einigermaßen sicher sein."

6. Es gibt nun einen kleinen Tumult. Klar, das geht uns viel zu schnell. Der Professor lässt die Vorwürfe, wie „Erpressung", „Entführung" und „Behinderung der Polizei" ohne erkennbare Reaktion über sich ergehen.

„Okay", brummt er schließlich, „entscheidet selbst. Wenn jemand nicht mitkommen möchte, setze ich ihn in der Nähe von Hannover ab."

7. Was macht man, wenn man nicht weiß, was man will? Klar, man eiert herum und trägt alle möglichen Bedenken vor. Welche das waren, habe ich vergessen.

Bis auf den einen Aspekt, der ja durchaus berechtigt ist. „Du hast doch gesagt, dass nur die Zugangsberechtigten da rein kommen. Also die mit diesem Tattoo, das einen bestimmten Signalcode ausstrahlt", erinnert ihn Karlheinz mit einem schiefen Grinsen, „In den Tattoo-Studios für jedermann gibt es die ja wohl nicht." Willy und Lisa nicken und sehen mich an. Ich habe den Eindruck, dass sie irgendwie erleichtert sind. <<

Prometheus. >> Darauf scheint Rainer nur gewartet zu haben. „Ihr kennt doch die Geschichte von Prometheus."

Ich nicke halbherzig während die anderen ihre Augen verdrehen. Ungerührt fährt er fort. „ Der hat den Göttern doch das Feuer gestohlen und es zu den Menschen gebracht hat?" „Ja klar, den kennt doch jeder", murmelt Lisa vor sich hin.

Der Professor sieht sie an. „Von seinem Bruder Epimetheus haben die meisten von euch wohl noch nichts gehört. Aber sicher von dessen Frau, also der Schwägerin des Prometheus."

Er wartet unsere Antwort nicht ab. „Na, die Pandora mit ihrer Büchse, aus der das Elend auf die Welt kommt. Damit sollten die Menschen ja für die Untat des Prometheus bestraft werden", brummt er, als müssten wir das doch wissen.

Sana: „Was können die denn dafür, was der Prometheus gemacht hat?"

Rainer: „Den hat es ja auch besonders schlimm erwischt. Göttervater Zeus war doch so sauer auf Prometheus, dass er ihn an den Kaukasus geschmiedet hat und einen Adler auf ihn gehetzt hat, der dann seine Leber fraß."

„Aber er ist doch wieder freigekommen?", erinnere ich mich. „Erst nach 30.000 Jahren. Da hat Herakles den Adler mit seinem Bogen erlegt und Prometheus losgemacht. Na ja, nicht ganz. Ein Stück vom Kaukasus hat er an seinem Ring weiter mit sich herumschleppen müssen!", belehrt er mich.

2. Willy: „Und was hat das jetzt mit uns zu tun?" Eine berechtigte Frage.

Rainer macht eine ausholende Handbewegung. „Nun ja. Ein Prometheus bin ich nicht. Das ist aber der Name den sich unsere Widerstandsbewegung gegeben hat."

Er reckt uns sein Kinn entgegen. „Weil Prometheus der Vorausschauende bedeutet. Ihn zeichnen auch besondere Klugheit und vielerlei Kenntnisse aus. Vor allem gilt er aber als ein Wohltäter der Menschen, Förderer der Kultur, der Ungerechtigkeit und Despotie ablehnt und für eine bessere Zukunft kämpft."

Sana: „Klingt gut." Der Professor holt nun noch weiter aus. „Einer seiner Brüder war übrigens dieser Atlas, der das Himmelsgewölbe oder die Welt auf seinen Schultern trug. Sein Vater war der Titan Iapetos, seine Mutter die Okeanide Klymene."

Seine Augenbrauen gehen nach oben. „Ein ziemlich eindrucksvoller Stammbaum. Es wird sicher schwer dem Anspruch eines Prometheus gerecht zu werden. Aber wir tun, was in unserer Macht steht. Und wir freuen uns über jeden der uns dabei unterstützt."

Seinen Blick durch das Fenster gerichtet verstummt er, als sei damit alles gesagt. Oder lässt er uns nur Zeit über seine Worte nachzudenken?

Lisa ist die erste, die die Geduld verliert. „Ja und? Worauf willst Du hinaus?"

Rainer: „Tatsächlich bin ich kein Prometheus. Ich bringe euch auch kein Feuer. Aber ich habe eines dieser Laser-Geräte zum Tätowieren von Genesis mitgehen lassen."

Nun mustert er unsere Gesichter so lange und ausgiebig, als wolle er unsere Verblüffung auskosten.

Dann bückt er sich seitlich am Tischchen vorbei und hebt eine braune Aktentasche hoch. „Ich habe es sogar dabei."

Mit einem kleinen Lächeln sieht er uns an, einen nach dem anderen: „Wenn ihr mit mir in die Biotope kommen wollt, kann ich jedem von Euch ein echtes Delfin-Tattoo auf den Unterarm brennen! Also Hand hoch, wer möchte eins haben?" <<

Nachgefragt

„Eine schöne Geschichte, wirklich schön. Vor allem das mit dem Prometheus." Ich nehme meine Mutter in den Arm und drücke sie an mich. Was soll ich auch sonst tun?

Klar, die O-Töne scheinen echt zu sein. Und sie moderiert das Ganze wie eine erfahrene Journalistin. Hmh? Wahrscheinlich haben die anderen bei dieser abenteuerlichen Geschichte mitgemacht. Wie bei der Aufführung einer Laienspielgruppe?

Andererseits? Wieso ist sie dann hier? Und ich auch? Eine Papp-Kulisse ist das wohl nicht. Aber fliegende Autos?

Natürlich hat meine Mutter längst bemerkt, dass ich mir Sorgen um sie mache. Vielleicht auch um ihren Geisteszustand fürchte. Sie ist ja nicht dumm. Im Gegenteil.

Als Staatsanwältin weiß sie sicher, wie sie sich anstellen muss nicht so einfach als Irre abgetan zu werden. „Wenn Du erst mal in der Schublade steckst ist es kaum möglich wieder heraus zu kommen", hat sie mir mal erklärt.

„Schatz. Bitte lass mich die Geschichte zu Ende erzählen", sagt sie leise und fügt hinzu, „ich kann das Ganze ja selbst noch nicht einordnen."

Küchenpsychologie? Oder versucht sie Zeit zu gewinnen? So habe ich sie noch nie erlebt. Keine Ahnung, was ich davon halten soll. Außer, dass wieder mal meine Neugier siegt: „Okay, und wie ging es dann weiter?"

Februar 20: Integration für Frauen

Gemeinschaftskunde. >> Obwohl wir fünf bei insgesamt acht Schülern klar die Mehrheit stellen ist die Unterrichtsatmosphäre gewöhnungsbedürftig. Nicht nur wegen des Sicherheitsabstandes von zwei Metern.

Wir Frauen sind zusätzlich noch durch ein unförmiges Kleidungsstück verunstaltet. Tschador genannt. „Ohne den könnt ihr nicht am Unterricht teilnehmen", hat Asalan uns achselzuckend erklärt.

Wir empören uns nur kurz und heben uns den weiteren Protest für später auf. Schließlich sind wir gespannt darauf, wie es nun weitergeht. Also ziehen wir uns widerwillig diese deprimierend grauen Zelte über. Nur das Gesicht lassen wir bis auf den Mund-, Nasenschutz frei.

Trotzdem vermeiden unsere drei Mitschüler jedes persönliche Wort und gehen uns aus dem Weg. Es dauert eine Weile bis es mir bewusst wird. Unter dem dutzend Leuten, das ich in den letzten Tagen gesehen haben, ist nicht eine Frau gewesen.

Vielleicht ist das ja der Grund dafür, das vor allem Sana, Lisa und ich uns nicht nur im Unterricht, sondern auch auf den Gängen missbilligenden Blicken ausgesetzt sehen.

2. In den letzten Tagen haben wir in 'Bürgerkunde' die Grundzüge des politischen Systems durchgenommen.

Auf den ersten Blick nichts ungewöhnliches. Wie fast überall werden die Gesetze durch ein Parlament gemacht.

Zunächst dachte ich mich verhört zu haben. Denn es hieß, dass dieses Parlament ursprünglich aus einem Verein sehr reicher Leute mit gleichen oder ähnlichen Interessen entstanden wäre, sich quasi selbst eingesetzt hatte.

Erst einige Rückfragen später habe ich es verstanden. Dann wurde es so verrückt, dass ich es gar nicht glauben konnte. Im Unterschied zu anderen Demokratien sollten hier nämlich nicht die Bürger ihre Abgeordneten sondern die Abgeordneten ihr Volk wählen. <<

Die Lehrer. >> Unsere Integrationslehrer sind Männer. Zwei. Beide irgendwie alterlos. Zumindest scheinen sie nicht jünger als 30 oder älter als 50 Jahre zu sein.

Glatte dunkelblonde Haare über schmalen Gesichtern, mittelgroß und schlank kann ich sie nur unterscheiden, wenn beide anwesend sind.

Und natürlich anhand ihrer Namen: Studerich und Lehrman. Hmh? Vor allem Letzterer hat entweder einen ziemlich schwarzen Humor oder will uns mit seiner Offenheit provozieren.

Jedenfalls gibt er sich kein bisschen diplomatisch und versucht gar nicht erst irgendetwas zu beschönigen. Oder ist es ihm einfach egal, was wir davon halten?

2. Der Unterricht in Bürgerkunde wird mit einem Sprachkurs kombiniert in dem ich ganz gut zurecht komme. Kein Wunder, denn es wird uns dort ein ziemlich einfaches Englisch vermittelt, das mit unseren Vorkenntnissen aus der Schulzeit eher eine Auffrischung darstellt.

Es geht wohl nur darum sich im Alltag verständigen zu können. Für die komplizierteren Themen hat ja jeder sein Übersetzungsmodul erhalten. <<

Skript. >> Es liegt also nicht an der Sprache, dass ich manchmal Schwierigkeiten habe zu folgen. „Bitte wählen Sie die Aufnahmefunktion!", fordert uns Lehrman auf und sorgt so dafür, das wir eine Art Skript seiner Vorlesung erhalten.

Vor allem für wichtige Kernaussagen, die von einem Institut stammen, das sich philosophisch-heuristische Fragen stellt und meist zu pessimistischen Ergebnissen kommt.

Hmh? Das was draußen in der Welt geschieht, ist ohne Frage nicht gerade ermutigend. In manchen Staaten wählen die Menschen sogar widerliche Rattenfänger. Beinahe so, als wollten sie belogen werden.

Die meisten Staaten der Welt werden angeblich von korrupten Mächten regiert oder zumindest stark beeinflusst. Natürlich ist diese Schwarz-Weiß-Malerei übertrieben und ihre Zielrichtung ist klar.

Demnach stellt das feudalistische Genesis die einzige Möglichkeit dar, den Menschen ein einigermaßen sicheres und sorgenfreies Leben zu ermöglichen.

Passend dazu werden uns phantastische Bilder gezeigt. Kleine und große Wunder der Natur. Seltene Tierarten und Landschaften, wie die Galapagos-Inseln oder das Great Barriere Riff. <<

** PHI **

Die wunderschöne Natur. Unser Planet. Aber es wird ihn so nicht mehr lange geben wird. Die Menschen befriedigen nicht mehr nur ihre Bedürfnisse, Vor allem Frauen leben gern nach der Mode. Sie nennen es Shoppen gehen. So als sei die Erde ein Modeartikel, den man nach Gebrauch wegwerfen kann.

*****

Gründung. >> „Ratet doch mal, wie es dazu gekommen ist?" Lehrman spannt uns auf die Folter und tut so als warte er auf unsere Antworten. Da kommt natürlich nichts. Schließlich erbarmt er sich und erzählt.

Die Idee zu Genesis stammt ursprünglich von einem Immobilientycoon. Der erlebte täglich, dass auch reiche Leute Angst vor einer Klimakatastrophe haben. Wegen sich selbst, ihrer Kinder und Enkel, aber auch weil nicht mal das Geld auf irgendwelchen Schwarzgeldkonten sie davor beschützen konnte.

In der heutigen Zeit war das Thema Klimaschutz ja nicht mehr wegzudenken. Das brachte ihn auf die Idee für große Projekte zu werben, die auch noch nach einem Supergau Bestand haben und den Vermögenden mit ihren Familien Schutz bieten sollten.

Atomschutzbunker hatten ja einige von ihnen schon. Hier setzte die Marketingstrategie an und warb für Ressorts mit großen Gärten. Mit mäßigem Erfolg. Die Banken rieten dem Immobilien-Tycoon das Projekt aufzugeben. Doch der machte dann das was er immer tat.

Er plante noch größer, sprach nicht mehr von Ressorts sondern von Biotopen und ganzen Gemeinden mit lebenserhaltenden Systemen. Sein Marketing brachte diese „sicherste Investition seit der Arche Noah" sogar als Projekt einer Natur- und Artenschutzorganisation in die Medien.

Und plötzlich konnte er sich vor Investoren kaum noch retten. Nicht nur Leute, die eine sichere Geldanlage suchten, sondern auch einige, die in finanziellen Schwierigkeiten steckten, aber relevant genug waren um Kredite zu bekommen. Vermutlich waren sogar dubiose Geschäftsleute dabei, die auf diese Weise ihr Geld waschen wollten.

Die Mitspracherechte und Kontrollmöglichkeiten der großen Geldgeber wurden dadurch gesichert, dass sie zu Abgeordneten des Parlaments oder sogar zu Kabinetts-Mitgliedern einer Art Genesis-Regierung ernannt wurden.

Das gestiegene Umweltbewusstsein der Menschen wirkt sich ja ohnehin positiv aus. Inzwischen glauben viele Konsumenten mit dem Kauf weniger klimafeindlicher Produkte etwas gutes für die Umwelt zu tun. Und so ist ein Wettbewerb grüner Produkte entstanden, der durch eine Steigerung des Konsums die natürlichen Ressourcen immer mehr belastet.

Lehrman breitet seine Arme aus. „Das erhöht auch die Rendite der Genesis-Investoren und gibt dem Etat noch einen Schub."

„Da ist dieser Immobilienhai ja ein richtiger Wohltäter. Der wird bestimmt mal heilig gesprochen." Meine Worte triefen vor Ironie.

Lehrman sieht mich irritiert an. „Na ja, er ist vor ein paar Jahren zum Präsidenten von Genesis gewählt worden." <<

** PHI **

Regelmäßiges Shopping, häufiges Reisen und große SUV`s können verhindern, dass technischer Fortschritt die ökologischen Fußabdrücke der westlichen Welt nachhaltig marginalisiert.

*****

Frauen. >> Lehrman: „Das alles ist natürlich viel komplizierter. Das Kabinett, die Abgeordneten und die Mitglieder der Ausschüsse des Parlaments allein kennen auch noch die anderen institutionellen und organisatorischen Regelungen."

Sana: „Was ist mit den Frauen? Gibt es da eine Quote?"
Lehrman: „Das Kabinett besteht aus zehn Männern und einer Frau, die das Familien-Ministerium leitet." Lisa: „Nur eine Frau?"
Lehrman: „Na ja. Laut Satzung soll das Parlament immerhin zu einem Zehntel aus Frauen bestehen."

Sana: „Das soll doch wohl ein Witz sein. Eine Frauenquote von 10 Prozent?" Lehrman: „Selbst das war nur schwer durchzusetzen. Es gibt nämlich eine große Gruppe von Leuten, die Frauen gar nicht als Mitglieder anerkennen wollten."

Lisa: „Überhaupt keine Frauen? Typisch." Lehrman: „Natürlich soll es in den Biotopen auch Frauen geben. Die unverheirateten werden sogar besonders geschützt und in Einrichtungen leben, die man ´Refuges´ nennt."

Sana: „Refuges? Wohl eher Kemenaten für die Burgfräuleins oder Haremsdamen? Das ist doch krank!"

Lehrman: „Interessant ist, dass der Vorschlag nicht von muslimischen und hinduistischen, sondern von christlichen Mitgliedern unterbreitet wurde." <<

** PHI **

.Das erfolgreichste Geschäftsmodell der Welt ist die Sexualität. Immer mehr (weibliche) Körperteile und -partien werden mit sehr viel Chemie, gewebten und gegerbten Hilfsmitteln (Modedesign) zu sekundären Geschlechtsmerkmalen hochstilisiert. <<

*****

Nachgefragt

Diese komischen Folien stören mich. Nicht, weil sie etwas falsches zeigen. Nein, weil das Institut die Aussagen so allgemein gültig verkündet, wie einen kategorischen Imperativ.

„Ganz schön Frauenfeindlich, die Typen. Dass Wissenschaftler sich überhaupt mit so was befassen?", stelle ich fest und schiebe hinterher: „Na ja. Ein Körnchen Wahrheit ist schon dran. Die Werbung erweckt tatsächlich den Eindruck, das Aussehen unser einziges Kapital ist. Wenn man sieht, wie manche heute herum laufen, sogar erfolgreich."

Eigentlich ist meine Mutter so nüchtern und sachlich wie ein Polizeibericht. Ihre Gefühle lässt sie meistens außen vor.

Diesmal sieht sie mich nachdenklich an: „Die einen reden von Emanzipation und Gleichberechtigung und die anderen stellen ihren aufgestylten Körper zur Schau. Manche Frauen sind heute deutlich aufreizender gekleidet als die armen Mädchen im Mittelalter, die aus Not ihren Körper verkaufen mussten!"

Hmh? Ein bisschen übertrieben ist das schon. Aber ich bin auch stolz darauf, dass sie sich in ihrem Alter noch solche Gedanken macht.

Vor allem in Anbetracht ihrer aktuellen Situation. „Dann kannst Du ja gar nicht arbeiten gehen? Wie ging es denn weiter?"

Februar 20: Das gewisse Extra

Metamorphose. >> Ich versuche es bei Asalan. Schildere ihm meine berufliche Tätigkeit, wie ich sie bis vor zwei Monaten ausgeübt habe. Beschreibe ihm den Alltag einer Oberstaatsanwältin in dem selbst hochrangige Beamte und Politiker nach meiner Pfeife tanzen mussten.

Er hört sich das eine Weile freundlich skeptisch an, schüttelt nur ab und an amüsiert den Kopf. Ich kann ihn sogar ein wenig verstehen. Wie oft habe ich früher manche Wichtigtuer beim Aufblasen ihrer eigenen Eitelkeit beobachtet und sie genüsslich mit harten Fakten von ihrem hohen Ross gestoßen.

Asalan: „Alles schön und gut. Aber auch ein Flüchtling, der von seiner prächtigen Villa erzählt, die er einst bewohnte, muss sich in Mittelerde mit einem winzigen Zelt begnügen. Und alles tun, um sich in der Kultur seines Gastlandes zurechtzufinden. Tut mir leid für Dich, dass Du als Frau hier auch noch besonders schlechte Karten hast." „Das kann man ja wohl nicht vergleichen."

Asalan: „Na ja. Du lebst hier in einer archaischen Welt. Und da spielt die Rolle der Frau als potentielle Mutter eine große Rolle. Sie hat für den Nachwuchs zu sorgen und ist daher besonders zu schützen. Auch vor Übergriffen durch männliche Mitbürger, die euch physisch überlegen sind." Sein scherzhaftes Angebot, mir das beim Armdrücken zu beweisen lehne ich dankend ab.

Ich habe ihn auch so verstanden. Berufe, die öffentliche Präsenz erfordern, bleiben mir verwehrt. In Genesis-Land, zumindest in diesem Biotop, unterliegen Frauen einer Geheimhaltung zum Schutze der Diskriminierung ihrer Persönlichkeitsrechte.

2. Asalan: „Glaube mir. Ich würde Dich lieber so sehen, wie Du hier angekommen bist." Ich überlege, was ich bei meiner Ankunft getragen habe. Hmh? Ein Kostüm, dunkelgrün. Der Rock bis kurz über dem Knie. Angeblich habe ich nämlich schöne Beine.

Wie dem auch ist. Von nun an muss ich mich im öffentlichen Raum bedeckt halten. Im wahrsten Sinne des Wortes. Sobald ich nämlich mein Zimmer verlasse, muss ich den ´Tschador´ mit Schleier und eine große Sonnenbrille tragen. Alles in einem grau-beigen Farbton gehalten, so dass ich kaum zu sehen bin. Wahrscheinlich bin ich in dem Ding der Inbegriff einer grauen Maus.

Asalan: „Hier ist auch für mich alles ziemlich neu. Ich weiß nicht, wer welche Ziele verfolgt und wem ich trauen kann." Ich sehe ihn erstaunt an. „Warum erzählst Du mir das?"

Asalan: „Na ja. Du hast Dich bisher als beamtete Juristin an Recht und Gesetz gehalten. Und zwar aus Überzeugung. Wäre schön, wenn Du das auch hier beibehalten könntest."

Was ist das denn für eine Nummer? Will er mich vor seinen Karren spannen? „Recht und Gesetz? Was bedeutet das hier?"

Asalan: „Mach Dir selbst ein Bild davon. Und dann entscheide Dich!" „Worauf willst Du hinaus?"

Asalan: „Du kannst versuchen aus der Not eine Tugend zu machen und das System mit seinen eigenen Mitteln überlisten. Also, wenn Du mir versprichst, dass das unter uns bleibt...?"

Ich bin nicht sicher, ob er das ernst meint oder mich nur auf den Arm nehmen will. Aber ich will natürlich wissen, wie es weitergeht.

Er reicht mir eine Art Halskrause mit zwei kleinen Anhängern. Nichts besonderes. Außer, dass ich nicht erkennen kann, wo vorne und wo hinten ist. Egal, wie man es anlegt, wenn ich einen Anhänger vor der Brust trage, befindet sich der andere in meinem Nacken.

Asalan: „Diese altmodische Halskrause wird als modisches Accessoire von vielen getragen. Deines hat allerdings ein Extra." „Extra?"

Asalan:„Es sorgt dafür, dass das Licht umlenkt oder verzerrt wird. Damit bist Du nicht nur unscheinbar sondern unsichtbar. Zumindest, wenn Du Dich nicht von der Stelle rührst. Nur, wenn Du Dich bewegst ist zu erahnen, dass da etwas ist. Aber selbst dann muss man schon sehr genau hinschauen." <<

Truth. >> Mein Name wird jetzt englisch ausgesprochen. Lehrman hat sich wohl verhört oder will sich lustig machen.

Egal. Jedenfalls ist nun aus der deutschen Ruth, die englische Truth geworden. Ich kann mich nicht einmal beklagen.

Schließlich hat jeder von uns einen neuen Alias- oder Genesis-Namen bekommen. Aus Sana wird Amber, weil sie so blond ist. Lisa heißt jetzt Luja, eine Kurzform von Oluja, die Stürmische. Aus Karlheinz wird Karan, der Heldenhafte mit der dunklen Seite und Willy, der Willensstarke ist nun Wesley, die Lichtung im Westen.

Nur der Professor behält Namen und Titel, allerdings ergänzt um Nathan, was wohl an den berühmten Weisen erinnern soll.

2. Auch die Bezeichnungen auf der Weltkarte sind verändert worden. Angeblich, weil jeder von uns mit seiner Heimatideologie infiziert ist und wir mit der kleinteiligen Nennung eines Landes sofort etwas Böses oder Gutes assoziieren. So soll uns eine globale und neutralere Sicht erleichtert werden. Na ja, die Ländernamen fallen wohl auch deshalb weg, weil nur noch geostrategisch relevante Kontinente oder große Teile von ihnen benannt werden. Das soll uns den Überblick erleichtern. Und so gibt es jetzt nur noch Mittel-, West-, Osterde und einige Kalifate. <<

Nachgefragt

Will sie mich auf den Arm nehmen? „Was soll das mit West- oder Mittelerde? Wir sind doch nicht beim Herrn der Ringe."

Meine Mutter lächelt mich an. „Du interessierst Dich doch für Politik. Da wirst Du auch so erkennen wer gemeint ist. Genesis will ja nur vermeiden, dass die gegenseitigen Vorurteile der Nationen ein Zusammenwachsen in den Biotopen erschweren."

„Das glaubst Du?", staune ich. Sie zieht eine Schnute. „Natürlich nicht. Ich halte Genesis für eine globale Zweckgemeinschaft, die hochgradig kriminell ist. Würde man an Stelle der Fake-Namen, die Heimatländer der reichen Investoren benennen, könnte man ihnen dort vielleicht auf die Schliche kommen."

Hmh? Mama sich offenbar in die Logik der Verschwörungstheoretiker geflüchtet? „Muss schlimm sein, wenn man plötzlich in einer Welt lebt, deren Regeln man nicht kennt oder gewohnt ist?", gebe ich mich Anteil nehmend.

Sie hebt die Schultern. „Klar bin ich unzufrieden. Welche Frau wäre das nicht, wenn sie so wie ich herum laufen müsste. Über das andere habe ich noch gar nicht richtig nachgedacht." Ich nicke ihr aufmunternd zu.

„Schwierig. Ich verstehe manchmal nicht so ganz, was um mich herum geschieht. Jedenfalls bin ich oft unsicher und weiß nicht wie ich reagieren soll", räumt sie zögernd ein. „Und was ist mit Deinen Freunden?" Das interessiert mich wirklich.

2. Sie hebt den Kopf bis ihre Nase wie ein Zeigefinger auf mich gerichtet ist. „Wenn jeder Mensch vor allem das ist, was seine Anpassung an das Umfeld aus ihm macht, dann wird er sich mit den Rahmenbedingungen unter denen er lebt verändern."

Stellt sie etwa ernsthaft in Frage, dass ihre Freunde noch so sind, wie sie in ihrer alten Heimat Hannover waren? Die Idealen Gefährten für Cascata mit seinem merkwürdigen Frauenbild scheinen sie wohl nicht zu sein.

Hmh? Allzu viel weiß ich ja nicht von ihnen. Am meisten noch von Karlheinz, dem pensionierten Kriminalbeamten mit dem meine Mutter viele Jahre eng zusammengearbeitet hat. Ein Typ der sich nie mit langen Reden aufhielt. Mama hat ihn mal mit einem Specht verglichen. „Wenn der einen Wurm wittert hackt er sich mit seinem Schnabel auch durch die dickste Rinde."

Sana Hoffmann, nun Amber, ist seine Frau. Eine unterkühlte Blondine, deren Stimme meist sanft wie eine Schneeflocke rieselt, meiner Mama gegenüber aber auch hart wie ein Eiswürfel klirren kann und sie gerne mal aufs Glatteis führt. Die Gründe dafür kenne ich nicht. Außer, dass Mama mal einen Jugendfreund von ihr in den Knast gebracht hat.

Willy Olten alias Wesley habe ich erstmals letztes Jahr gesehen. Weil er ein wichtiger Zeuge in einem Prozess gegen die organisierte Kriminalität war. Mama hat damals viel Zeit mit ihm verbracht. Ihn sogar in der Klapsmühle besucht.

Wie hat sie ihn noch beschrieben? „Er ist wie ein großer Schäferhund vor, der wachsam auf sein Frauchen aufpasst. Jedes Gespräch mit ihm ist ein Verhör.

Und seine Frau Luja Lisa? Laut Mama, das Gegenteil von Sana, mit der sie eng befreundet ist. „Eher ein Dampfkessel, der in einem Augenblick ruhig vor sich hin summt um in der nächsten Sekunde kochend und brodelnd los zu zischen."

Rainer alias Nathan alias Professor Untergang, kenne ich nur durch Mamas Hörensagen. „Er ist eine gemütliche, alte Schleiereule, die andere gern löffelweise mit ihren Weisheiten beglückt."

Na ja. Immerhin ist er es, der dafür verantwortlich ist, dass Mama und ich dieses Gespräch ausgerechnet in den Pyrenäen führen müssen.

3. Hmh? Gut möglich, das die beiden Frauen meiner Mutter das Leben schwer machen. Und wahrscheinlich sind Karan und Wes wie die meisten Männer zu feige um etwas dagegen zu tun.

Vielleicht spielt es ja auch eine Rolle, dass die beiden wie der Professor alte Knacker so um die siebzig sind. Mehr als zehn Jahre älter als ihre Frauen.

Natürlich ehre ich das Alter. Aber in dieser Situation hätte ich Mama Gefährten gewünscht, die jünger und fitter sind. Wer weiß, ob die beiden Alten überhaupt noch verstehen, in welcher Lage sie sich befinden und was das zu bedeuten hat.

Es ist nicht mal auszuschließen, dass ihnen das Frauenbild von Genesis insgeheim sogar gefällt.

Mama hat sich wohl ähnliche Gedanken gemacht, denn sie wirkt bekümmert. „Ich frage mich, was es bedeutet, dass Willy und Karlheinz jetzt Wesley beziehungsweise Karan heißen? Auf Augenhöhe mit ihnen sehen sie mich ja wohl nicht mehr."

März 20: Mitgehört

Frauensolidarität. >> Amber Sana: „Was machen wir denn jetzt?" Luja Lisa: „Hier als Mensch zweiter oder dritter Klasse zu leben kann es ja wohl nicht sein."

„Ob wir eine Chance haben hier wieder wegzukommen?" Ich sage es mehr zu mir selbst.

Luja: „Und wohin dann? Nach Hause? Damit Willy wieder in den Knast kommt?" Amber: „Und woanders hin?"

„Keine Ahnung. Vielleicht haben Willy Wes oder Karan ja eine Idee. Die reden ja oft mit dem Professor", stelle ich fest.

2. Im nächsten Moment wird mir bewusst, das da ja mein Dilemma liegt. Die Männer reden kaum noch mit mir und machen fast alles unter sich aus.

Ich glaube nicht einmal, das es böse Absicht ist. So sind die Spielregeln hier nun mal und sie wollen entweder nicht auffallen oder unsere Tschadors erfüllen auch bei ihnen den vorgesehenen Zweck.

Meistens sind wir ja nicht alleine. Und selbst, wenn sie genau wissen, wer in diesem scheußlichen Sack steckt, denken sie vermutlich nicht in jedem Moment daran.

Ebenso wie fremde Leute können sie zwar meine Tarnkleidung wahrnehmen, mich dahinter aber nicht erkennen.

Das Gesicht ist eben das, was man sieht und den Menschen ausmacht. Wird es verborgen, ist man irgendwie nicht da.

3. Amber: „In ein anderes Biotop? Oder in die alte Welt? Das ist doch alles Mist."

„Sieht so aus, als wenn wir hier fest hängen", bestätige ich und muss daran denken, dass es den Flüchtlingen aus den Kriegsgebieten auch nicht anders geht.

Immerhin haben wir uns. Luja und Amber? Als Frauen sind sie ja den gleichen Beschränkungen unterworfen, wie ich. Und in ihrem Tschador sind sie ja genauso isoliert wie ich. Das müsste uns eigentlich zusammenschweißen.

Trotzdem ist es bei mir anders. Vielleicht, weil ich jedes Mal ausgegrenzt werde, wenn Luja mit Wes und Amber mit Karan auf Familie machen und sich zurückziehen.

Tratsch. >> Luja Lisa: „Die Truth ist ja nicht verheiratet. Meinst Du, dass es da jemand gibt?"

Ich komme gerade zurück auf die Terrasse. Die beiden sind so in ihr Gespräch vertieft, dass sie mich nicht bemerken.

An meinem kleinen Extra, das ich um den Hals trage, kann es nicht liegen. Das habe ich nämlich noch nicht ausprobiert. Und es auch niemandem gegenüber erwähnt. Weil ich nicht glaube, das es wirklich funktioniert?

Nein. Ich möchte nicht, dass man mir unterstellt, das ich sie heimlich belauschen würde.

'Na gut, ihr habt es so gewollt', denke ich empört und schalte das Extra ein. Dann setze mich leise auf die Bank, die auf der gegenüberliegenden Seite des Tisches steht.

Amber sieht sich um, scheint mich aber nicht zu bemerken. „Na ja, hässlich ist sie nicht, aber so kalt wie sie sich immer gibt..."

Luja: „Weil sie Deinen Jugendfreund angeklagt hat?" Amber: „Und auch noch zu recht. Das ist das schlimmste." Luja: „Ich weiß, was Du meinst..."

Amber: „Ich finde sie ziemlich arrogant!" Luja: „Ich weiß, was Du meinst... Sie macht eben alles mit sich alleine aus. Ich kann sie schon verstehen. Wir haben ja immerhin unsere Männer."

Amber: „Du meinst...?" Luja: „Oder sie ist solo, weil sie so verschlossen ist?"

Amber: „Hmh? Wenn es jemanden gäbe wäre er doch hier." Sie legt ihre geöffnete rechte Hand auf den Tisch. Unwillkürlich schaue ich hin. Nein, die Hand ist leer.

Luja: „Sie hatte doch gar keine Gelegenheit jemandem Bescheid zu sagen." Amber: „Wieso? Sie hätte doch anrufen können. Mit ihrem Handy."

Luja: „Na, so eine Geschichte am Telefon? Das geht wohl nicht!" Amber: „Da hast Du wohl recht."

2. Ich bleibe noch ein paar Minuten sitzen. Aber sie reden jetzt nur noch über ihre Männer. Offenbar bin ich als Thema schon für sie erledigt.

Wie hat es Willy mal formuliert. "So lange die Lästermäuler Dich noch durch die Zähne ziehen bist Du nicht unten durch. Eine gute Zahnseide ist doch wertvoll für die Mundhygiene."

Na ja. Dann wäre ich für die beiden Frauen weniger wichtig, als so ein Fädchen für das Zähneputzen.

Ich stehe auf und gehe von der Terrasse durch den Gemeinschaftsraum zu meinem Zimmer. Mit einem schlechten Gewissen und ein kleines bisschen enttäuscht. <<

Nachgefragt

Prompt muss ich an Mamas letzte Beziehung denken. Die liegt schon ziemlich lange zurück. „Hast Du mal wieder etwas von Heinz gehört?"

„Wie kommst Du denn jetzt darauf?" Sie klingt verärgert, fährt dann etwas freundlicher fort. „Kannst Du Dich denn überhaupt daran erinnern?"

Na ja. Ich war erst neun oder zehn Jahre alt und Mama hat geglaubt, dass ich damals von ihm kaum etwas mitbekommen habe. Heinz Wungenstein war nach meiner Erinnerung äußerlich ein ähnlicher Typ wie Karlheinz oder Willy. Dünnes blondes, kaum sichtbares Haar, nicht schlank, nicht dick, ein wenig steif und absolut kein Hingucker.

Angeblich war er in der Kneipenszene Hannovers ganz gut bekannt und schon mit einigen Frauen aus diesen Kreisen liiert gewesen. Das hat Mama ihm mal an den Kopf geworfen.

Er behauptete dagegen, dass es nur eine gewesen sei. Und die habe sich lediglich wegen einer Wette auf ihn als Opfer gestürzt und zur allgemeinen Belustigung ihrer Clique vorgeführt.

Die Frau, die ihm das angetan haben sollte, war auch mal bei uns zu Besuch gewesen. In meiner naiven Erinnerung war sie sehr schön und hatte kein Kind. Aus heutiger Sicht war sie vermutlich ein eher oberflächlicher Typ gewesen. Nicht nur, weil sie mit den Freunden meiner Mutter so girrend herum geschäkert hat.

Vielleicht haben wir Heinz ja Unrecht getan und er war wirklich davon überzeugt gewesen, mit Mama jemanden gefunden zu haben, der ähnlich tickte, wie er selbst. Das hat er auch oft genug betont.

Na ja, beruflich waren die beiden tatsächlich auf Augenhöhe, denn er war Ministerialrat, nicht gerade ungebildet und ich als deutsch-türkische Tochter kein Problem für ihn. Ganz im Gegenteil.

Nein, witzig war er nicht, eher umständlich versuchte er mir oft die Welt zu erklären. Ich verstand meistens kein Wort, aber seine nette Art beruhigte mich.

Mama achtete sehr darauf, dass er und ich uns nicht allzu gut verstanden. Sie sah ja eigentlich keine Chance, dass das mit ihm gut gehen könnte. Also hielt sie ihn auf Distanz. So war sie eben.

2. Nicht gefallen hat mir, dass meine Mutter ihm gegenüber des öfteren ihre kurzen Affären mit Männern aus ihrem beruflichen Umfeld erwähnte. Ja, davon schwärmte, wie toll das gewesen sei und Heinz die bedeutenden Leitungspositionen der Typen unter die Nase rieb.

Ich bin sicher, dass sie maßlos übertrieben hat, vielleicht sogar gelogen. Bloß, weil sie ihn ärgern wollte. Sie rechnete ja jederzeit damit von ihm verlassen zu werden und wollte nicht riskieren vor ihren Freunden als armes Opfer dazustehen .

Also zeigte sie ihnen von vornherein, das Heinz für sie nur eine mehr oder weniger nette Abwechslung war und sie keine ernsthaften Pläne mit ihm verfolgte. So oder so ähnlich erklärte sie es einer alten Freundin mal am Telefon.

Jedenfalls machte sie sich in Gegenwart Dritter oft über Heinz lustig oder sie zeigte ihm die kalte Schulter. Schließlich sollte er sie nicht für ein naives Mäuschen halten.

3. Das tat er dann auch nicht, sondern machte mit ihr Schluss. Und zwar kurz nach einem Spieleabend mit ihren alten Freunden. Da war auch über unsere Urlaubspläne gesprochen worden und sie erwähnte, dass wir wieder in die Türkei verreisen wollten.

Meine Patentante Gisela fragte dann ausgerechnet Heinz, wohin wir denn da fahren würden. Mama machte ihr dann übertrieben deutlich, dass wir „unseren Urlaub sicher nicht mit dem Heinz" verbringen würden, sondern bei meinem Vater Günes´, der ein Hotel in Izmir besaß. Den Namen Heinz sprach sie so aus, dass der ´Hanswurst´ kaum zu überhören war..

Von meinem Vater redete sie dagegen wie von einem Adonis, der den Friedensnobelpreis für den Bereich Völkerverständigung verdient gehabt hätte.

Das habe ich auch lange so gesehen. Bis ich vor ein paar Jahren ich zufällig mitbekam, wie es wirklich gewesen war.

Dass Mama sich nämlich nur widerwillig oder betrunken, was für sie das gleiche war, auf ihn eingelassen hatte.

Aufgefallen wäre er ihr nur wegen seiner buschigen, schwarzen Augenbrauen, die ihr Kinn gekitzelt hätten, wenn sie sich gegenüber standen. Na gut. Dass er kein Riese war hatte ich irgendwann ja selbst bemerkt.

Egal. Nach der ersten Urlaubswoche war sie von ihm damals ziemlich schmählich abserviert worden, weil er sich intensiv um einige neu angereiste Frauen kümmern musste. Schließlich sei er ja Hotelier.

Zu mir war er allerdings immer sehr nett gewesen. Erst vor kurzem Jahren hat sie mir gestanden, dass wir unsere Urlaube in seinem Hotel genauso verbracht und bezahlt haben wie jeder andere Gast.

4. Angeblich hatte Heinz an besagtem Abend die Beherrschung verloren und sich in zynische Metaphern geflüchtet. „Ihr wisst ja, dass Günes´ mit strahlende Sonne zu übersetzen ist. Ruth nimmt mich vor allem deshalb nicht mit, weil sie sich Sorgen um mich macht. Um nicht der gleißenden Helligkeit ausgesetzt zu sein, müsste ich ja die ganze Zeit unter diesem byzanthinischen Haselnussbaum im Schatten sitzen." So hatte Tante Gisela ihn Jahre später für mich zitiert.

März 20: Ungutes Gefühl

Ausgang. >> Ich habe unsere Unterkunft bisher noch nicht ein einziges mal verlassen. Kaum zu glauben in diesem zauberhaften Ort mit seiner phantastischen Aussicht.

Vielleicht, weil ich nicht sicher bin, ob die Integrationskurse mich schon genügend vorbereitet haben. Oder weil ich als Frau dann dieses scheußliche Kleidungsstück tragen musste und deshalb lieber gleich zu Hause blieb. Immerhin können wir hier in unseren normalen Klamotten herumlaufen.

Außerdem weiß ich nicht so genau, was mich draußen erwartet. Amber und Luja sind ja schon einmal in Begleitung ihrer Männer raus gegangen. Aber nur kurz, denn die kannten sich ja auch nicht besonders gut aus.

Den Gedanken Asalan zu fragen, habe ich verworfen. Wer weiß, was der sich dann einbilden würde? Der nahm sich mir gegenüber ohne schon zu viel raus.

2. Gleich soll es soweit sein, denn Rainer alias Nathan hat sich erbarmt und will uns begleiten.

Ich höre seine Schritte hinter uns und dann auch schon seine Stimme. „Kommt mit. Ich zeige Euch den Ort." Er setzt sich gar nicht erst hin und wir brechen auf.

Natürlich erst nach dem wir Frauen unsere Tschadors samt Schleier angelegt und die Brillen aufgesetzt haben.

3. Der Ortskern ist mit knapp 900 Einwohnern größer als ich zunächst vermutet habe. Und laut Rainer gibt es in den weiteren fußläufig erreichbaren Senken noch andere Viertel, die hinter den Ausläufern der Berge liegen. Insgesamt leben in Cascata zur Zeit gut 2500 Einwohner.

An den Hängen ringsherum wird Landwirtschaft betrieben. Ziemlich intensiv. Die vielen Rinder auf den Wiesen erinnern mich an eine große Alm. Ganze Felder sind mit Glas oder durchsichtiger Folie überdacht und sehen aus wie riesige Gewächshäuser.

4. Auf unserem Spaziergang begegnen uns einige Männer, hinter denen ab und zu ein Tschador zu erahnen ist. Hmh? Von unserer Gruppe können die Leute auf der Straße vermutlich auch nur drei Männer sehen, die von ihren eigenen Schatten verfolgt werden.

Die heitere Stimmung der hellen Gebäude spiegelt sich leider nicht bei ihren Bewohnern wieder. Nachdem sie mehrfach unser freundliches „Ola" ignorieren, beachten wir sie auch nicht mehr.

Bisher ist nur ein Lebensmittelladen, eine Art Baumarkt und ein Geschäft mit Sanitätsartikeln zu sehen gewesen.

Hmh? In unserer Unterkunft werden wir einigermaßen gut versorgt, haben quasi Vollpension. Ich frage mich, wie sich die anderen Dorfbewohner verpflegen.

Amber schaut sich um, als wäre ihr ein ähnlicher Gedanke gekommen. „Nicht so einfach. Das meiste muss wohl importiert werden. Und nicht jeder Lieferant darf wissen, wo sich dieser Ort befindet."

Ein paar grüne Wegweiser deuten darauf hin, dass es abseits noch ein Restaurant und einen Mini-Market gibt.

** PHI **

Bis die Oasen und Arche-Städte autark sind unterstützt Genesis seine Bürger aus Mitteln seiner Eigentümer. Derzeit müssen die meisten Güter ja noch aus der Außenwelt importiert werden.

******

Bürgerpartei. >> Amber zeigt auf ein Haus mit einem Giebel von dem ein Schild herunter hängt. „Und was ist das?" Jetzt sehe ich was sie meint.

FPG-Bürger für Cascata

Der Professor folgt ihrem Blick. „Ach das ist die erste Partei, die hier gegründet wurde. Nennen sich auch Volkspartei." Das klingt neutral, aber alles andere als begeistert.

Amber: „Und was machen die so?" Nathan: „Also das Oberhaupt des Dorfes ist ja der Mayor. Aber die praktische Umsetzung der Regierungsbeschlüsse und die Verwaltungsarbeit wird von dem gewählten Ortsvorsteher erledigt." Ich werde neugierig. „Die FPG hat Asalan gewählt?"

Er schaut sich um, will feststellen, wer das gesagt hat und nickt dann ungefähr in meine Richtung. „Nein, Asalan war schon im Amt bevor die sich gegründet haben." Karan: „Haben die auch ein Programm?"

Nathan Rainer: „Wie man´s nimmt. Die FPG versteht sich als ´law and order´ – Partei deren Mitglieder aus West- und Mittelerde stammen und weiß sind."

Wesley: „FPG steht für was?" Nathan: „Freie Partei Genesis!" Luja: „Also liberal konservativ. Nationalistisch geht hier ja wohl nicht. Oder Rassistisch?"

Nathan: „Kann man so sagen. Die haben nur ein, zwei dutzend Mitglieder. Marke alte, weiße Männer. Schwer einzuschätzen, wie viel Einfluss sie haben." <<

Nachgefragt

„Nettes Örtchen. Bis du sicher, dass Dir da kein potemkisches Dorf vorgeführt wurde?", unterbreche ich sie, bevor sie zu ihrem nächsten Mitschnitt springen kann.

Sie senkt den Kopf. „Na ja, ich weiß selbst nicht was ich denken soll. Manchmal habe ich so ein Gefühl, dass ich gar nichts mehr mit bekomme, so als wäre ich nicht dabei." „Wie meinst Du das?"

„Natürlich weiß ich, dass es nicht an mir liegt, dass ich meistens übersehen werde, sondern an diesem blöden Tschador." Sie streckt mir ihre Hände entgegen. „Trotzdem kann ich mich manchmal kaum noch spüren, habe sogar Angst in den Spiegel zu schauen. Ich bin auch oft benommen. Dann sehe ich meine Umwelt nur noch blass und in Schwarz-Weiß."

„Und Deine Freunde?" „Ach. Von Lisa und Sana bin ich ein wenig enttäuscht. Von wegen Solidarität unter der Frauen. Wirklich nahe standen wir uns ja nie. Aber jetzt ist die Distanz coronamäßig."

„Lisa, Sana, Luja, Amber? Warum nennst Du sie denn jedes Mal anders?" Ich wundere mich, dass es mir erst jetzt auffällt.

Über ihrer Stirn bildet sich eine steile Falte. „Darüber habe ich noch gar nicht nachgedacht. Bewusst mache ich das nicht. Es könnte davon abhängen in welcher Situation ich bin. Also, ob ich das Gefühl habe die Person von früher oder von heute vor mir zu haben. Oder eine Mischung aus beiden."

Sie grinst verlegen. „Vielleicht liegt das auch an mir, denn ich vergesse oft, dass sich mir gegenüber nicht nur dieser weite Überwurf befindet, sondern dass die Frauen dahinter stecken."

„Das meinst Du sicher nur", versuche ich sie zu beschwichtigen. Vergeblich. „Weißt Du, ich war ja noch nie sonderlich beliebt."

Sie breitet ihre Arme aus. „Ich war keine von denen, die nicht lange bitten mussten. Keine von denen, für die sich anderen beide Beine ausrissen, um ihnen einen Gefallen zu tun. Keine von denen, die selbst nie etwas für andere machten. Ich verstehe es bis heute nicht."

Ihre Arme fallen wieder herunter. „Ich stand meistens alleine da und konnte froh sein, wenn ich ignoriert wurde."

Ich bin schockiert. Wo ist die taffe Staatsanwältin geblieben? Es geht ihr wohl wirklich nicht so gut. Hmh? Das klingt nach einer ausgewachsenen Depression. „Du hast natürlich zu den Opfern gehört. Und niemals hat sich jemand ernsthaft um Dich bemüht. Oder?", stelle ich ironisch fest.

Sie seufzt. Ich sehe sie an und sage nichts. Es dauert. Schließlich lächelt sie verlegen. „Okay, stimmt nicht, da gab es welche", räumt sie widerwillig ein. Ich habe Mühe ernst zu bleiben. „Zum Beispiel Heinz?"

Mama schaut mich verärgert und beleidigt an. „Ach, Kind. Muss das jetzt schon wieder sein?"

März 20: Heißer Wohnungswechsel

Feuer. >> Diesmal werde nicht durch den Wecker sondern von meinem eigenen Husten wach. Ich öffne meine Augen und sehe dichten Rauch vor der Zimmertür, der von unten durch und aus dem Flur kommt.

Obwohl es nach Verbranntem riecht und der Qualm nicht zu übersehen ist, kann ich es zunächst nicht glauben. Ein Feuer? Klar, so was passiert, aber hier bei uns in der Gemeinschaftsunterkunft? Das hätten die anderen Bewohner doch bemerkt und längst Alarm geschlagen.

2. Dann sind sie wieder da. Die Bilder von gestern Abend. Von den dunklen Männer, die direkt vor unserem Wohnheim stehen. Sie schütteln Harken und Besenstiele mit Pappschildern in unsere Richtung. Was darauf steht kann ich durch das unruhige Auf und Ab nicht lesen. Nur auf zwei größeren Stücken Pappe meine ich die Worte `Murder´ und 'Go home or burn´ zu erkennen. Gesagt oder gerufen haben sie nichts.

3. Ich wuchte mich energisch hoch und aus dem Bett; schlüpfe in meinen Trainingsanzug, der auf dem Boden liegt und werfe meinen Tschador über. Dann gehe ich in den Qualm zur Tür, reiße die auf und eile hinaus in den Flur.

Ich schaue mich um. Irgendwo muss es ja brennen. Der dichte Rauch nimmt mir die Sicht. Ach da. Im Gemeinschaftsraum glüht es, an mehreren Stellen lodern Flammen auf, die immer größer werden.

Wäre es nicht zu heiß geworden, hätte ich sicher nach einem Feuerlöscher gesucht. Aber so ist es wohl besser von hier zu verschwinden. Hmh? Da. Der Notausgang mit einer schmalen Stiege. Er ist noch frei.

4. Jetzt nicht mehr. Vier Gestalten versperren mir den Weg. Erleichtert erkenne ich Luja und Amber mit Tschador aber ohne Schleier oder Brille. Auch Wes und Karan im Morgenmantel stehen da.

Es gibt ein wenig Hektik und Gedränge auf der Stiege. Doch ein paar Stufen und Ellenbogen in meine Rippen später sind wir unten angelangt.

5. Die Tür nach draußen klemmt. Die Männer werfen sich dagegen. Nichts. Noch einmal. Wieder nichts. Oder doch? Nun drücken wir gemeinsam und ruckartig mit aller Macht. Es bewegt sich etwas. Die Tür gibt nach. Millimeterweise. Dann nicht mehr.

Wir holen Schwung, stoßen gleichzeitig. Die Tür ächzt, federt weg. Nur oben. Unten knirscht es laut. Meine Schultern tun mir weh.

Egal. Ich drücke nun gegen Lisa Luja, die gegen Wes und Amber gegen Karan. Die Männer gegen die Tür. Schleifendes Krachen.

Die Tür gibt nach. Zentimeterweise schiebt sie sich nach außen. Dann ist der Spalt breit genug und wir quetschen uns durch.

Endlich stehen wir draußen im hell erleuchteten Hinterhof. Große Flammen lodern im Erdgeschoss aus den Fenstern heraus.

Ich drehe mich um und schaue zurück. Da liegen Sandsäcke und stehen Paletten mit Steine herum. Dicht hinter der geöffneten Tür. Ohne das empörte Gemurmel der anderen, hätte ich nicht sofort daran gedacht, dass das damit der Notausgang blockiert gewesen war.

6. Wesley hustet und wischt sich den Russ aus dem Gesicht. Karan streicht sich über den Kopf. Sind seine Haare angekokelt? Sonst scheint er in Ordnung zu sein. Vielleicht tut er auch nur so.

Die Tschadors von Amber und Luja sind mit einer hellen Ascheschicht bedeckt. Ihre düster verschmierten Gesichter würden das perfekte Make up für einen alten Horrorfilm abgeben.

7. Sirenen heulen. Feuerwehr? Polizei. Da stürmen sie auch schon an uns vorbei. Behelmte Männer in dunklen Rüstungen stoßen uns nicht gerade sanft beiseite. Laute Stimmen. Nicht sehr freundlich. Zwei dicke Schläuche winden sich um uns herum und sind dann mit den Männern im Haus verschwunden. <<

Vorurteile. >> Asalan trägt diesmal eine beige Uniform mit einer Schulterklappe. Als Chef der örtlichen Polizei? „Ihr habt mich ganz schön in die Zwickmühle gebracht!"

Vorwurfsvoll oder will er die grobe Behandlung durch seine Hilfspolizisten bei unserer Festnahme rechtfertigen?

Asalan: „Es gibt hier Leute, die behaupten, dass einer von Euch das Feuer gelegt hat, um möglichst schnell an eine eigene Wohnung zu kommen."

Karan: „Und zur Feier des Tages legen wir uns selbst auf den Grill? Den Ausgang haben wir natürlich selbst verbarrikadiert damit uns niemand dabei stört? Aber warum von außen und nicht von innen?"

2. Wir berichten unserem skeptischen Ortsvorsteher von den Leuten, die gestern Abend vor dem Wohnheim demonstriert haben. Und von dem, was auf den Plakaten stand.

Asalan: „Ich werde der Sache nachgehen. Das wäre es fürs erste. Ihr könnt jetzt gehen."

Ich komme allerdings nur bis zur Tür, denn er ruft mir hinterher. „Äh, ... hättest Du vielleicht noch einen Moment?"

Natürlich gehe ich zu ihm zurück. Na ja, bis auf die üblichen 1,5 Meter. „Also wenn ich etwas für Dich ...", setzt er an, bricht aber ab und schaut zum Eingang. Da steht nun der Professor und macht keine Anstalten näher zu kommen.

Statt dessen winkt er Asalan energisch zu sich heran. „Wir müssen reden. Kommst Du?", höre ich ihn sagen. Asalan wirft mir noch einen entschuldigenden Blick zu.

Dann sind die beiden verschwunden und ich stehe alleine da. „Wie bestellt und nicht abgeholt", nennt man das wohl. <<

Unterbringung. >> Weit sind wir nicht gekommen. Gerade mal bis auf den Bürgersteig vor dem Rathaus, da stößt Nathan zu uns. „Wir müssen noch überlegen, was wir mit Truth machen."

Er wendet sich Wesley und Karan zu, so als wäre ich gar nicht da. Eine Unverschämtheit! Bevor ich ihm eine passende Antwort geben kann, höre ich die Stimme einer irritierten Luja. „Von welcher Wahrheit redest Du?"

„ich rede von Ruth Kappel also Truth", erklärt er ernsthaft und ohne die Spur eines schlechten Gewissens. „Wie? Was ihr mit mir macht?", platze ich heraus und füge ich schnaubend hinzu: „Was bildest Du Dir eigentlich ein einfach über mich, statt mit mir zu reden?"

Er entschuldigt sich aufrichtig und wortreich bis es bei mir dämmert. Klar, bei unserer Festnahme habe ich mir wieder den Schleier vors Gesicht, die Halskrause um den Hals hängen müssen und die Sonnenbrille auf die Nase setzen. Er hat mich schlichtweg übersehen.

Nathan: „Der Umzug. Das ist blöd. Natürlich wird man Familien nicht trennen. Leider ist es für Frauen nicht erlaubt hier ohne Ehemann oder Vater allein in einer Wohnung zu leben." „Wie bitte?"

Nathan: „Ruth, ich meine Truth, Du könntest aber quasi als Ehefrau zu mir oder zu Wesley oder Karan als Zweitfrau ziehen." „Du spinnst doch."

Nathan: „Ansonsten müsstest Du in das ´Refuge´ für Frauen übersiedeln." „Ins Frauenhaus?" Ich bin fassungslos.

Wes hebt die Hände als müsse er den Professor vor mir beschützen. „Klar, das ist diskriminierend." Er sieht mich Verständnis heischend an. „Denk doch an die Frauen in den nordafrikanischen Asylunterkünften. Willst Du denn auch so schutzlos ausgeliefert sein? Wir wissen doch nicht, was hier für Typen herumlaufen."

Auch, wenn er besorgt klingt und seine Miene ein einziges Bedauern ist, bin ich kurz davor zu explodieren.

Doch Amber kommt mir zu vor und setzt noch einen drauf. „Du hast die Wahl. Zu Karan und mir kommst Du nicht. Dann gehe ich ins ´Refuge´. Also kannst Du entweder zu Nathan oder zu Luja und Wes." <<

Unterwegs. >> Ich bin immer noch schockiert wegen Ambers klarer Ansage. Obwohl es wahrscheinlich besser für uns alle ist. So müssen wir uns nicht einem alltäglichen Hickhack aussetzen.

Wir sind jetzt auf dem Weg zu unseren neuen Wohnungen. All zu schnell kommen wir nicht voran. Die Ehefrauen haben nämlich Gesprächsbedarf. Amber und Luja diskutieren wechselweise mit dem Professor oder gehen hitzig auf ihre Männer los.

Es geht um die Rolle der Frau und die eine oder andere Schuldzuweisung an die Männer als vermeintliche Nutznießer dieses Systems.

Das Ganze zieht sich hin. Ohne Ergebnis. Bis auf Amber Sanas wütenden Vorwurf an mich. „Ohne Dich hätten wir den ganzen Ärger doch gar nicht."

Ich bin nicht sicher, ob sie nur meine Wohnsituation als Single-Frau meint oder alles andere auch.

2. Der Professor: „In den übrigen Biotopen sieht es ganz anders aus." Will er uns Mut machen?

Ich bleibe skeptisch. „Woher willst Du das wissen?" Nathan: „Ich habe ja einige Orte besucht. Da sind die Leute liberaler und moderner. Vielleicht führen die nächsten Wahlen hier ja auch zu anderen Verhältnissen."

Luja: „Wahlen? Und was ist mit dem Feudalismus? Haben die Genesis-Fürsten denn nicht das Sagen?"

Nathan: „Doch. Doch. Aber die Lehnsherren selbst und die Oberschicht wird erst im letzten Moment hier aufschlagen. Das Schloss am Hang ist ja noch nicht bewohnt."

Luja: „Im letzten Moment?" Nathan: „Na, ich habe Euch doch schon erzählt, was Genesis plant. Vielleicht verzögert sich das Ganze ja noch."

Karan: „Das Ganze?" Nathan: „Das was in Osterde angefangen hat, ist inzwischen zu einer weltweiten Pandemie geworden. Und wenn Corona dazu führt, das alle Staaten vernünftig reagieren könnte es zu einer Atempause für die Umwelt kommen."

Amber: „Das heißt, der Klimawandel wird nicht so schlimm?" Nathan: „Theoretisch denkbar. Andererseits. Der Markt regelt angeblich alles ja viel besser als der Staat, der sich daher aus den unternehmerischen Entscheidungen herauszuhalten hat. Aber dieselben Lobbyisten, die dafür sorgen das ihre Klientel kaum Steuern zahlt, rufen jetzt am lautesten nach staatlichen Hilfen? Und wie immer werden die Regierungen mehr Rücksicht auf die großen Konzerne und alten Strukturen als auf die Umwelt nehmen."

Karan: „Quatsch. Das würden die Medien doch anprangern." Nathan: „Na ja, das ist wohl einer dieser Elefanten aus denen sie eine Mücke machen werden. Sie haben dafür einfach keinen Platz mehr." Amber: „Wie keinen Platz mehr?"

Nathan: „Die großen Elefanten, die sie aus vielen Mücken gemacht haben, stehen doch jetzt schon dicht gedrängt." Ja, er macht seinem Namen als habilitierter Untergang alle Ehre.

3. Karan: „Und weshalb sind die Landarbeiter so wütend auf uns?"

Der erhobene Zeigefinger des Professors malt einen Kreis in die Luft. „Ihr dürft nicht vergessen, dass hier bisher nur das Fußvolk für die Aufbauarbeiten lebt. Also Leute, die überwiegend nur als einfache Malocher sind. Und die haben eben Angst, das wir Weißen aus Mittelerde sie unter das Existenzminimum drücken oder ganz vertreiben werden." <<

** PHI **

Mittelerde ist moralisch, aber auch liberal. Und so können ihre Konzerne weiterhin Regierungen in der Dritten Welt korrumpieren und die Menschen dort ins Elend stürzen.

*****

Nachgefragt

Jetzt fällt es mir auf. „Mama, warum erzählst Du mir eigentlich manches so haarklein und anderes so gut wie gar nicht? Du hast doch Deine Aufzeichnungen?"

„Ja, ich weiß, dass sie unvollständig sind", räumt sie ein und sieht mich unsicher an. „Ich kann mir das auch nicht erklären."
„Wie meinst Du das?"

Sie zuckt mit den Schultern. „Keine Ahnung, ob es sich um eine technische Störung handelt oder ob das Gerät Passagen herausfiltert. Vielleicht, weil das Aufzeichnungsgerät ja eigentlich als elektronisches Skript der Lehrveranstaltungen und für dienstliche Gespräche vorgesehen ist."

Ich bleibe skeptisch. „Und deshalb sind auch Deine persönlichen Aufzeichnungen so lückenhaft?" „Na ja, es wird auch kein Datum gespeichert", sinniert sie, „man macht sich das gar nicht so klar, wie wichtig eine Tages genaue Zuordnung ist."

Was soll ich denn davon halten? „Du kannst Dich aber an das erinnern, was da fehlt?" Ihre Miene verfinstert sich. „Eben nicht! Manchmal denke ich sogar, dass mein Gedächtnis mit der Aufnahmefunktion synchronisiert ist."

Erste Anzeichen einer Demenz? Sie ist ja ständig von den alten Knackern Karan und Wesley umgeben. Hmh? Ansteckend ist das angeblich nicht. „Oder Du willst das andere nicht wahrhaben und selektierst Deine Erinnerungen bewusst?"

Okay, für eine Staatsanwältin ist das heftig. Meine Mutter wird aber nicht wütend oder lacht mich aus. Nein, sie versucht mich allen Ernstes zu widerlegen. „Vielleicht hat es ja etwas mit dem Tschador zu tun." „Wie bitte?"

„Na ja, in dem Ding fühle ich mich wie vor dem Bildschirm und nicht wie mitten drin. Ein Fernseh-Zuschauer wird von denen, die er sieht, ja auch nicht bemerkt", grübelt sie laut. „Ja und?"

„Meistens suchst Du ja vorher aus, was Du Dir anschauen willst." Sie bewegt ihre Hand zur Seite, als wäre das Thema für sie erledigt." Hmh? „Der Vergleich hinkt. Du kannst Dir doch die Wirklichkeit nicht aussuchen!"

Sie überlegt nicht lange. „Klar, der Fernsehen läuft oft einfach nebenher. Aber dann stimmt der Vergleich doch erst recht. Da bekommst Du das meiste doch gar nicht mit."

Ich wundere mich, dass sie sich dermaßen in Zeug legt. Doch dann fällt bei mir der Groschen. Wie jeder andere hat auch sie Erinnerungslücken. Aber in diesem Fall verschweigt sie mir das eine oder andere wohl bewusst. Na ja. Welche Mutter will sich schon vor ihrer Tochter die eigenen Schwächen eingestehen.

Wie hat sie es früher ausgedrückt? „Ach, Kind. Das musst Du nicht wissen. Das verstehst Du ja doch nicht."

April 20: Christliche Ökonomie

Nachbarn. >> Begeistert bin ich nicht. Man hat uns ein Haus zugewiesen, das über ein Zimmer mehr als das von Amber und Karan verfügt. In dem wohnen wir nun zu Dritt, denn ich bin zu Luja und Wes gezogen.

Für Außenstehende sieht es wohl so aus, dass ich eine Zweit-Frau bin. Für mich ist es eigentlich nicht schlecht Gesellschaft zu haben. Auch Luja findet das in Ordnung. Wenn Amber nicht dabei ist verstehen wir uns sogar ganz gut und sind auch oft auf einer Linie.

Wesley beschwert sich sogar manchmal darüber, das fünfte Rad am Wagen zu sein. Na ja. Im Gegensatz zu uns Frauen ist er auch viel weg und in seinem Kopf auch noch beruflich unterwegs, wenn er schon längst zu Hause ist.

Da wir eine große Wohnung haben, treffen wir uns mit den anderen meistens bei uns. Nathan, der genau so viel Platz hat wie wir gibt sich zugeknöpft. „Es wäre nicht gut, wenn der Eindruck entstehen würde, dass wir ein Team mit gemeinsamen Interessen sind."

Irgendwie nachvollziehbar. Denn für die übrigen Dorfbewohner sind wir nicht gerade Wunsch-Nachbarn. Zwar hat sich nach dem Brandanschlag auf das Flüchtlingsheim alles ein wenig beruhigt, gemieden werden wir aber weiterhin.

Kaum zu glauben. Obwohl wir uns als Atheisten geoutet haben, hält man uns weiterhin für Christen und damit für gefährlich.

Wie hat der Professor uns das erklärt? „Aus ihrer Sicht sind die Kreuzzüge der Christen mit ihren westlichen Werten nie beendet worden. Die Liste der Kriegsverbrechen mit Millionen getöteten Zivilisten im nahen Osten und Asien ist ja auch lang. Immer ging es nur um Macht und Rohstoffe, niemals um Menschen und ihre Rechte. <<

Realitäten. >> Das ungute Gefühl der überwiegend aus dem nahen Osten und Nordafrika stammenden Leute ist dagegen nachvollziehbar. Sie haben Ihre eigenen Erfahrungen gemacht und den Rest hat die Indoktrination durch Politik und Medien in ihrer Heimat erledigt. Aber ich kann mir nicht vorstellen, dass die Leute im Dorf so etwas denken.

Der Professor: „Ist Euch das nicht aufgefallen? Oder hat einer von Euch bei den dunkelhäutigen Bauern und Handwerkern jemals eine Tätowierung gesehen?"

Hmh? Darauf habe ich gar nicht geachtet. Luja: „Du meinst, diese Bauern, Fellachen nennt ihr sie ja wohl, dürfen im Ernstfall gar nicht hier bleiben?", fragt Luja überrascht.

Amber: „Und die Bauern wissen das?" Hmh? Das Thema haben wir doch erst kürzlich im Integrationskurs für Juristen behandelt. „Die müssen ein Bleiberecht beantragen."

Wesley: „Die sind nicht blöd. Sie sehen doch, das wir anders untergebracht sind, als sie in ihren Massenunterkünften am Dorfrand."

Luja: „Integrationskurse für sie gibt es auch nicht." Karan: „Aber zurück in ihre Heimat wollen die sicher nicht, denn die Lage hat sich überall verschlechtert."

Nathan: „Ja. Sogar das Klima ist ungerecht. Dürren für die einen und Überschwemmungen bei den anderen. Das gleiche bei Schneestürmen und Hitzewellen. Und den Regionen mit Krieg, Hunger und Elend auf der einen Seite stehen die westlichen Länder gegenüber, die von den Gewinnen und Umsätzen ihrer Waffenindustrie profitieren." Amber: „Du meinst....?"

Nathan:. „Ist Euch das noch nicht aufgefallen. Heute finden Kriege grundsätzlich nicht mehr dort statt, wo es große Rüstungskonzerne gibt."

PHI

Der Mensch ist ein achtloser Chronist. Ereignisse die Jahrelang die Welt erschüttern, Bösewichter und Helden, die unsterblich scheinen, werden schon von der nächsten Generation als alte Kamellen in den Geschichtsbüchern vergraben.

*****

Geldtheorie. >> Die Einführungskurse gehen nahtlos in unsere Berufsausbildung über. Asalan macht das nicht schlecht. Er hat ausführlich mit uns gesprochen, damit unsere beruflichen Kenntnisse und Erfahrungen effektiv genutzt werden können.

Eigentlich geht es nur darum, uns mit den organisatorischen und rechtlichen Rahmenbedingungen unserer Arbeit vertraut zu machen.

Begeistert bin ich nicht. Wir sollen zwar nicht gerade als Handlanger eingesetzt werden, aber auch keine Ämter bekleiden, in denen Entscheidungen zu fällen sind.

Die oberste Führungsebene würde ja ohnehin später durch die Genesis-Zentrale, also politisch besetzt.

Amber und Karan haben ihre Arbeit im Bereich innere und äußere Sicherheit schon vor gut zwei Wochen aufgenommen.

Und ich? Juristische Beratung und Stabsstelle für alles mögliche. Bei Asalan angesiedelt, was er mir so erklärt. „Es ist gut, wenn ich Dich und Deine Kompetenz in meiner Nähe habe."

Luja und Wesley sollen im Bereich Verwaltung bzw. Öffentlichkeitsarbeit tätig werden. Nicht ganz einfach, denn es existieren bisher kaum Kontakte zu anderen Biotopen oder überregionalen Presseagenturen.

Hier wartet Asalan auf Vorgaben zur Organisation durch irgendeine übergeordnete Stelle. Er gibt sich allerdings optimistisch, dass wir da mitgestalten können.

Ach ja. Vorgestern ist für unseren Kurs ein Harvard-Dozent angekündigt worden, der auch eine Art Headhunter sein soll. Das habe ich nicht ganz verstanden.

2. Der heißt Miller, ist Anfang 50, Ökonom und jetzt auch da. Die Klasse, zu der Amber, Luja, Karan, Wesley und ich gehören, ist vollständig versammelt. Drei Neuzugänge kann ich hinter ihrer Mund-, Nasenmaske kaum erkennen und habe mir ihre Namen nicht gemerkt.

Anstelle einer Begrüßung nickt Miller nur und wendet sich direkt an Wesley. „Du hast also Wirtschaftswissenschaften studiert?"

Der wehrt ab. „Lange her." Miller: „Damals hat sich die Politik an John Maynard Keynes orientiert. Antizyklische Fiskalpolitik. Ist ja aufgegeben worden, seit die Staaten über weniger Geld verfügen als manche private Investoren." Amber: „Ja und?"

Miller: „Jetzt in der Corona-Krise besinnt man sich darauf, das die Geldmengenpolitik nicht alles ist."

3. Ich wundere mich, dass er so gut über Wesley Willy Bescheid weiß. Er ignoriert unser Geraune. „Es ist wichtig für uns alle. Wenn jemand trotzdem gehen will. Ich werde ihn nicht daran hindern."

Natürlich bleiben wir alle. Sind aber sauer auf Wes, der wie angeknipst drauf los redet. Fachsimpeln nennt man das wohl.

Jedenfalls rauschen böhmische Dörfer wie „die Theorie der relativen Preise oder Preiselastizität der Nachfrage?" ohne Halt zu machen an mir vorbei.

4. Miller breitet seine Wortgeflechte wie einen Teppich über uns aus. Ohne mein Skript hätte ich es mir niemals merken können.

Wie hat er sich ausgedrückt: „Die großen Investoren haben heute drei- bis viermal so viel, wie sie brauchen würden um alle Güter auf der Welt zu kaufen. Bisher ist das gut gegangen, weil dieses Kapital nicht auf den Gütermärkten auftaucht, sondern nur für Finanzanlagen und Spekulationen eingesetzt wird. Ihr wisst ja, was andernfalls passieren würde."

Wir sehen Miller an als sei er gerade aus einem UFO gestiegen. Nur Wesley nickt als sei ihm das nicht neu.

Miller: „Das liegt doch auf der Hand. Es gäbe nicht nur eine Hyperinflation sondern einen großen Knall." „Worauf willst Du hinaus?" Ich hätte ihn lieber gesiezt. Aber erstens duzte man sich in den Kursen und zweitens gibt es im Englischen kein Sie.

Miller: „Denk doch mal nach. Was geschieht, wenn der Genesis-Fall eintritt und der größte Teil aller Güter vernichtet ist?"

Wesley: „Du meinst, wenn auch der größte Teil von Grund- und Boden nicht mehr nutzbar, also wertlos ist. Und das Finanzvermögen unverändert existiert."

Miller: „Und der noch nutzbare Grund- und Boden in den Biotopen gehört größtenteils den Genesis-Leuten." Er beugt sich soweit vor, dass ich nur noch seine blauen Augen über dem weißen Mundschutz sehen kann.

Ja klar. Die Regierung und die Abgeordneten sind mehr oder weniger die Einzigen, die noch über Werte verfügen. Und das dürfte sich kaum ändern lassen.

5. Wesley: „Wir brauchen keine neue Geldtheorie sondern eine andere Wirtschaftsordnung?"

Miller: „Genau. Es gibt keinen Wettbewerb um Marktanteile, keinen absatz- oder gewinnorientierten Einsatz von Produktionsmitteln. Wir haben nur noch den Versorgungsauftrag."

Wesley: „Wir müssen die Ziele der Wirtschaft neu definieren. Das mit dem magischen Viereck passt ja wohl nicht mehr. Also stabiles Preisniveau, außenwirtschaftliches Gleich-gewicht, hoher Beschäftigungsstand und angemessenes Wirtschaftswachstum sind bei Genesis nicht mehr relevant."

Miller schaut ihn mit großen Augen an, dann nickt er langsam und irgendwie beeindruckt. Man muss wohl Wirtschaftswissenschaftler sein, um zu erkennen, was daran eine so großartige Erkenntnis sein sollte. <<

** PHI **

Wirtschaft ist die Gesamtheit aller Einrichtungen und Handlungen zur planvollen Befriedigung der Bedürfnisse. Dazu gehören Unternehmen, private und öffentliche Haushalte, die Herstellung, der Absatz, Tausch, Konsum und die Verteilung, Entsorgung oder das Recycling von Gütern. Das steht fest.

Aber womit kann man eine Wirtschaft steuern, wenn Gewinne oder Börsenkurse keine Rolle spielen?.

*****

April 20: Angenehme Wissenslücken

Außenpolitik. >> Wenn Wesley nach Hause kommt, zieht er sich meistens mit Luja in ihr Zimmer zurück. Ich gehe dann manchmal zu Asalan oder er kommt zu uns. Da trage ich dann nur den Tschador, ohne Schleier und Sonnenbrille.

Er ist kein Charmeur und seine Bildung lückenhaft wie ein Schweizer Käse, aber er weiß manches, das mir von Nutzen sein kann.

Es ist auch nicht langweilig mit ihm. Sogar angenehm, obwohl ich gar nicht weiß, für was er steht. Immerhin ist er ein gewählter Vertreter dieser Genesis-Organisation.

Er wirkt inzwischen weniger finster, ja heller und sympathischer. Hmh? Bei einem Fremden sieht man zuerst die Hautfarbe, bei einem guten Bekannten auch was dahinter steckt. Im Gegensatz zu den anderen interessiert er sich für mich und fragt oft, wie es mir geht.

Gestern habe ich ihn zum ersten Mal umarmt und ihm einen Kuss auf die Wange gegeben. Mein erster Kuss durch den Mund-, Nasenschutz. Ich fand das gar nicht mal so schlecht.

2. Heute schaut Amber mit Karan im Schlepptau bei uns vorbei. „Alles okay bei Euch?" Gastgeber Wesley lächelt sie an. Amber: „Klar. Die Zeit misst sich in Langeweile."

Luja: „Genau, und so vergeht sie auch." Ich kann den beiden nur zustimmen und überlege etwas ähnlich frustriertes von mir zu geben.

Karan kommt mir zuvor und demonstriert, dass er ein Mann ist, also seinen Job sehr wichtig nimmt. „Es gibt da ein paar Probleme mit unerwünschter Zuwanderung. Die wissen noch nicht, wie sie damit umgehen sollen. Was meinst Du?" Er sieht Wesley fragend an.

Der hebt die Schultern hoch. „Na ja. Kommt drauf an, wen und wie viele sie integrieren wollen. Wenn sie das richtig machen, kann das doch ein Gewinn für uns alle sein. In den Bergen ist die Landwirtschaft ja personalintensiv."

Luja: „Zuwanderer?" Karan: „Ach. Gestern ist eine Gruppe von Leuten angekommen. Keine Ahnung, woher die von unserem Biotop wissen."

Wesley: „Na ja. Wirtschaftlich doch gar nicht schlecht, wenn das übliche Verfahren gewählt würde. Oder ist der Gemeinderat immer noch so völkisch?"

3. Natürlich fragen Luja, Amber und ich nach, um was es eigentlich geht. Oh, wir können uns nicht beklagen. Karan und Wes antworten uns nicht nur bereitwillig sondern auch ausführlich.

Nur ein Staatsanwalt würde meine Unzufriedenheit verstehen. Aber wenn man keine Ahnung hat, machen Fragen wenig Sinn.

Und so komme ich mir vor wie beim ´Trivial Persuit´, das nur hohles Wissen abfragt und die Antworten mich nicht schlauer machen.

4. Habe ich eigentlich schon erwähnt, dass der Gemeinderat bald wieder neu gewählt werden muss. Auch wir Frauen sind dabei stimmberechtigt.

Gerade lese ich, dass das Tragen des Tschadors mit und ohne Schleier in den örtlichen Wahllokalen untersagt sein soll. „Das wäre diskriminierend und würde den Grundgedanken der Wahl in Frage stellen", lautet die offizielle Begründung der örtlichen Wahlkommission.

Ich lasse die Amtsmitteilung sinken. „Andererseits dürfen wir Frauen unsere Wohnung nur mit der Tschador- und Schleier verlassen. Die verarschen uns doch."

Wesley: „Na ja, ein wenig umständlich ist das schon. Es gibt spezielle Eingänge und Hinweisschilder an den Wahllokalen, wo die Frauen ihre Stimme abgeben können. Das kannst Du nicht wissen, weil Du nur selten rausgehst."

5. Natürlich weiß ich, dass in vielen Demokratien unklare oder widrige Bedingungen die Stimmabgabe erschweren. Oft können manche Leute nicht mal erkennen, wo ihre eigenen Interessen liegen und wer sie am besten vertritt.

Und so sorgen die Bessergestellten zusammen mit vielen Journalisten und Moderatoren dafür, dass die bildungsfernen und prekären Bevölkerungsgruppen dann oft keinen Sinn darin sehen überhaupt zur Wahl zu gehen.

6. „In den letzten Jahren ist die Wahlbeteiligung doch wieder gestiegen", meint Sana mir widersprechen zu müssen.

Wesley: „Ja klar, weil Populisten sich das zu nutze machen. Sie provozieren, um in die Medien zu kommen und stellen gleichzeitig die skandalisierende Berichterstattung an den Pranger. Die meisten Politiker lassen durch Diffamierungen mit Fragezeichen demütigen und betteln um das Wohlwollen der Moderatoren. Dagegen schlagen die Populisten hart zurück. Und weil sie die einzigen sind, die es wagen gegen die selbstherrlichen Moderatoren aufzubegehren, nehmen viele Bürger sogar ihre hasserfüllten, dummen Phrasen in Kauf und wählen sie."

Amber: „Die meckern doch nur. Sonst haben die doch nichts zu bieten." Luja: „Richtig. Aber über die Programme der anderen erfährt man ja auch kaum etwas. Die dreschen doch alle die gleichen Phrasen. Und Informationen über Fußball und Prominente allein machen die Bürger auch nicht mündig."

Wes lacht auf und zitiert Jean de La Bruyere: „Da Unwissenheit bequem ist und keine Mühe kostet, gebricht es ihr nicht an Anhang." «

Nachgefragt

„Das Biotop und Genesis sind wohl doch nicht so perfekt", stelle ich mit einer Mischung aus Bedauern und Befriedigung fest.

Sie nickt: „Mir macht auch zu schaffen, dass ich zu meinen Freunden nicht aufrichtig sein kann. Ich weiß ja nicht mal, ob sie noch meine Freunde sind." „Wie meinst Du das?"

„Na ja. Der Professor hat die Genesis-Geschichte vom Untergang ziemlich geschickt dargelegt", brummt sie, „und unsere Lehrer hauen in dieselbe Kerbe." „Und Du siehst das anders?"

„Klar. Die Teilnehmer sollen glauben, dass sie hier zwar nicht in einer idealen Welt, aber in der besten aller schlechten leben. Die ganzen Integrationskurse sind nichts anderes als eine Gehirnwäsche." Sie meint das ernst.

„Und Deine Freunde?", erinnere ich sie. Ihre Schultern heben sich von alleine. „Ich weiß nicht, ob sie wirklich alles glauben, was man ihnen erzählt?"

Sie wirft mir einen kurzen Blick zu. „Oder zweifeln sie genau wie ich, sind aber zu dem Schluss gekommen, dass man sich am besten mit diesem System arrangieren sollte?"

„Mit Kriminellen?" „Na ja, der Übergang zwischen kriminellen Vereinigungen, korrupten oder ordentlichen Regierungen ist ja fließend." Ich kann kaum glauben, dass ausgerechnet meine Mutter, die Staatsanwältin, das gesagt haben soll.

2. „Na ja. Widerstand ist gegen jede Regierung gefährlich. Wie im berühmten Gefangenendilemma", bestätigt sie. „Was für ein Dilemma?"

Sie zeigt mir ihre geöffneten Handflächen: „Na, da hofft ja jeder nicht verraten zu werden, weiß aber, dass er mit einem blauen Auge davon kommt, wenn er selbst gesteht. In diesem Fall vielleicht sogar belohnt zu werden."

„Und für die Anderen wäre das eine Katastrophe, wenn nicht ihr Ende", vermute ich. Sie nickt bekümmert. „Das gilt ja nicht nur für meine Bekannten. Es könnte uns doch jeder aus dem Kurs oder der Nachbarschaft anschwärzen."

„Du meinst, Luja, Amber, Karan oder Wes würden so etwas nicht machen?", werfe ich einen Stein ins Wasser und warte auf die Kreise, die er ziehen wird.

In ihrem Gesicht spiegeln sie sich skeptisch wieder. doch dann schüttelt sie den Kopf. „Nein, das würden sie nicht tun."

Ich lehne mich zurück und zwinkere ihr zu. „Trau schau wem? Hoffentlich zerstört dieses Dilemma eure Freundschaft nicht."

3. Sie lächelt unsicher. „Es ist kompliziert. Luja und Amber haben wenigstens die Zweisamkeit mit ihren Männern, wo sie sich ohne alles sehen können."

Mamas Jammerei nervt allmählich. „Was ist eigentlich mit Dir und Asalan. Läuft da was?"

Ihr blasser Teint verjüngt sich mit einem zarten Rosa. Sie schiebt es meiner Indiskretion in die Schuhe. „Das darf ja wohl nicht wahr sein. Ich bin Deine Mutter."

4. Und plötzlich sitzt die Staatsanwältin vor mir und dreht den Spieß um. „Sag mir lieber mal, was mit Dir und Hardy ist. Seid ihr inzwischen denn verlobt?"

Am liebsten hätte ich ihr gesagt, dass sie das nichts an geht. Aber das mache ich dann doch nicht. „Das mit Eberhard geht eher in die andere Richtung", räume ich widerwillig ein.

Sie reißt die Augen auf. „Eberhard? Au weia." Hmh. Immerhin hat sie nicht vergessen, dass ich ihn so nenne, wenn ich sauer bin.

Das Verhör nimmt seinen Lauf. „Was hat er denn angestellt?" „Er will nicht, dass ich in das Forschungsteam meines Professors komme." „Du hast etwas mit Deinem Professor angefangen?" „Spinnst Du?" Sie müsste mich doch besser kennen.

„Ja, was dann? Was hat er denn gesagt?" „Nichts. Er hat mich wahrscheinlich unterschlagen." „Wie unterschlagen?" „In das Team werden nur die besten aufgenommen. Die Auswahl macht der Assi von Professor Unger." „Ist nicht auch der Hardy Assistent an Deiner Uni?" „Genau, er ist ja der vom Unger."

Das hat ihr wohl die Sprache verschlagen. Leider nur für einen kurzen Augenblick. „Woher willst Du das wissen?" „Professor Unger hat es mir gesagt."

Sie zögert, scheint kurz davor, mich doch noch nach meinem Verhältnis zu ihm zu fragen, beschränkt sich dann aber auf ein: „Wieso denn das?"

Ich bin ja selten schadenfroh. Das finde ich nämlich arm. Aber manchmal mache ich eben eine Ausnahme. „Ach, ich bin kürzlich dem Heinz über den Weg gelaufen. Wir haben nur ein paar Höflichkeiten ausgetauscht."

Mama ist peinlich berührt. Das ist sie immer, wenn dieser Name fällt. Natürlich gibt sie das nicht zu. Meistens geht sie einfach drüber weg, als hätte sie es nicht gehört.

Oder sie gibt sich trotzig. So wie jetzt. „Ja und? Was hat der denn damit zu tun?"

„Nichts", gebe ich mich harmlos, „Heinz ist ein alter Freund meines Professors und hat ihn wohl gefragt, wie ich mich mache."

Sie sieht mich ungeduldig an. „Ja und?" „Dann hat sich der Unger bei mir gemeldet. Jetzt gehöre ich zum Team."

Mai 20: Ein Einkaufserlebnis

Angerempelt. >> Ich habe schon seit einiger Zeit den Eindruck, dass mein Tschador müffelt und dringend frische Luft braucht. Asalan hat das gestern als Einbildung abgetan und grinsend hinzu gefügt. „Ich finde Du riechst gut. Außerdem kannst Du in meiner Gegenwart ruhig den Tschador ausziehen."

Auf meinen „billige Anmache"-Vorwurf reagiert er eingeschnappt. „Bilde Dir mal nichts ein. Da wo ich früher gelebt habe, liefen die Frauen in Shorts und Minirock herum." Na ja, wer's glaubt wird selig.

2. Ich frage die Mädels, ob wir nicht auch mal ohne Männer nach draußen gehen sollen. Eine direkte Antwort bekomme ich nicht. Luja und Amber verdrehen nur kurz die Augen.

„Ich schau mal, was man hier einkaufen kann", sage ich trotzig und gehe dann alleine los. Na gut, eher etwas zu bestellen, denn die ausgewählten Waren werden meistens an die Wohn-Adresse ausgeliefert.

3. Von unserem Haus in Richtung zum Ortskern ist der Bürgersteig recht schmal. Das wird mir noch mal bewusst, als mir ein Lieferwagen entgegen kommt und lautlos an mir vorbei fährt. Der Mann hinterm Steuer würdigt mich keines Blickes.

Dann ist die Straße wieder leer. Das bleibt auch für ein paar Minuten so, bis mich eine Gruppe Rollerfahrer und Biker überholt. Sie fahren in Schlangenlinien und wedeln mit den Armen herum. Kleine Männer oder Jungs? Jedenfalls reden oder schreien sie eben so laut wie unverständlich.

Sie halten Abstand zu mir. Haben sie mich überhaupt gesehen? Bei Kindern weiß man das ja nie so genau.

Kaum sind sie vorbei, überholt mich ein futuristisches Gefährt. Ein landwirtschaftliches Nutzfahrzeug? Das Ungetüm ist breiter als die Straße. So groß es ist, so langsam fährt es auch.

Einen Fahrer kann ich nicht sehen. Das fährt gerade aus weiter als wäre ich gar nicht da. Jedenfalls muss ich einen Schritt zur Seite gehen um nicht überfahren zu werden.

4. Wirklich sicher fühle ich mich nicht und bin konzentriert. Vielleicht zu sehr? Sehe ich Gespenster? Kommt mir da auf dem Bürgersteig jemand entgegen? Ist das dort die schemenhafte Bewegung eines Tschadors? Zappelt da eine Mülltonne auf mich zu? Oder sind es nur die Schatten eines Baumes, der sich im Wind wiegt?

Wie dem auch ist, ich gehe einen Schritt zur Seite und weiche auf den Rasen eines Vorgartens aus.

Tatsächlich. Ein Mann kommt auf mich zu. Groß, hellhäutig. Ein Wikinger? Jedenfalls ist er massig und nicht zu übersehen.

Breitbeinig wie ein Zwölfspänner muss er die halbe Straße gleich mit benutzen.

Ich mache einen großen Bogen und wechsle vorsichtshalber die Straßenseite und warte bis Mr. Wichtig vorbei gegangen ist.

5. Ich setze meinen Weg nun fort. Ein Spaziergang. Vielleicht passe ich auch nicht mehr so richtig auf. Jedenfalls werde ich so heftig von hinten angerempelt, dass ich stolpere und zu Boden falle.

Ich versuche mich noch abzufangen und schürfe mir die Hände auf. Der brennende Schmerz erinnert mich an Asalan: „Zieh Handschuhe an. Noch viel Split auf den Wegen." Hätte ich bloß auf ihn gehört.

Ich schaue auf. Frage mich, ob der Mann mich in meiner Tarnkleidung übersehen hat? Gespürt hat der Typ mich auf jeden Fall. Er bewegt sich zwar wie Gozilla persönlich ist aber kaum größer als ich. Sein gebräunter Teint deutet darauf hin, dass er aus einem südeuropäischen oder nordafrikanischen Land stammt.

Während ich mich aufraffe, wirft er einen empörten Blick in meine Richtung, Ich glaube aber nicht, dass er mich sieht. So vorwurfsvoll wie er sich umschaut, sucht er nach dem Übeltäter.

Zum Glück scheint er es eilig zu haben und verschwindet kurze Zeit später mit einer wegwerfenden Handbewegung in der Nebenstraße. <<

Festnahme. >> Ich erreiche den Mini-Market ohne weitere Zwischenfälle und trete erleichtert ein. Die laute Türglocke ist nichts für meine angespannten Nerven und lässt mich zusammenzucken.

Ein kleiner Dicker steht hinter der Kasse, hebt kurz den Kopf und wendet sich wieder seiner Arbeit zu. Na ja, wenn man das Rödeln mit irgendetwas unter der Theke so nennen kann.

Wenn überhaupt hat er mich nur als Vorhang wahrgenommen, der den Eingangsbereich verdeckt.

2. Das Angebot in den Regalen ist mickrig. Nur Getränke und Nahrungsmittel, lange haltbar, Putzmittel, Zahnpasta, Duschgel, ein paar elektronische Ersatzteile, irgendwelche Drähte und Schnüre. Das wars auch schon.

An den beiden langen Wänden stehen silberne Paneele, die mich an die Geldautomaten in meiner Sparkasse erinnern. Hier gibt man also die Bestellungen auf. Das weiß ich aus dem Integrationskurs.

Ich streiche über den Bildschirm, gebe meine Genesis-Kundennummer ein und die Bestellung ein. Nun, die wenigen Artikel, wie Hosen, Pullover und Wäsche zum Wechseln, sind schnell geordert. Bereits übermorgen sollen sie in unsere Wohnung geliefert werden.

3. Ein weiterer Kunde tritt ein. Männlich, groß, schlank und dunkelhäutig. Einer der Farmarbeiter? Jedenfalls hat er nun die volle Aufmerksamkeit des Verkäufers.

Der mutmaßliche Arbeiter holt eine Stofftasche heraus und geht zum Regal mit den Lebensmittelkonserven. Dort packt er ein halbes Dutzend Dosen und ebenso viele Flaschen Mineralwasser in die Tasche. Nicht ohne sie demonstrativ in Richtung des Verkäufers hochzuhalten. Dann geht er langsam auf die Kasse zu.

Der Dicke dreht sich weg, bückt sich hinter seinen Tresen, so dass ich ihn nicht mehr sehen kann.

Die Stimme des Kunden ist tief, ein wenig kehlig, aber er ist gut zu verstehen. „Ola?"

Im nächsten Moment schnellt der Dicke aus seiner Deckung hoch, wie der bekannte Kastenteufel. Ängstlich wütend brüllt er los. „Hau ab. Verschwinde!"

Der Farmarbeiter hält seine Tasche hoch und entblößt seine kräftigen weißen Zähne. Klar, er will bezahlen und dazu seine schwere Tasche auf die Theke stellen.

4. Zwei, nein drei Vermummte Gestalten stürmen durch die Tür herein und durch den Laden auf ihn zu.

Die Einkaufstasche fällt zu Boden. Einige Dosen und Flaschen rollen über das Parkett. Der Kunde selbst ist nicht mehr zu sehen, aber zu hören. Zumindest sein lautes Stöhnen.

Er liegt jetzt unter den drei Typen, die sich auf ihn geworfen haben. Einer der Vermummten steht auf, hält einen Knüppel in der Hand hielt.

Ich kann es nicht glauben, dass er nun auf den am Boden liegenden Mann einschlägt. Obwohl der Typ sich gar nicht rührt. Wie auch? Die anderen zwei liegen auf ihm und halten ihn fest.

Der größere der beiden rappelt sich hoch und kniet sich auf die Schultern des Kunden. Ein schwaches Wimmern ist zu hören.

Der Schläger hört nicht auf. Holt noch weiter aus und trifft sein Opfer auf Kopf und Rücken. Das darf doch nicht wahr sein!

5. Mir reicht es. Ich schalte mein Extra ein, greife nach der Einkaufstasche, in der sich noch einige Konservendosen und Flaschen befinden und hole Schwung.

Nach einem Halbkreis durch die Luft trifft die Tasche auf Widerstand. Der Kopf des Schlägers wird zur Seite gerissen. Er fällt mit ausgebreiteten Armen auf seine Kollegen, die sich auf ihrem Opfer nicht halten können und herunter purzeln.

„Angriff auf die Polizei!", brüllt der kleinste der drei und reißt ein Handy ähnliches Gerät aus seiner Brusttasche.

„Verstärkung, Überfall, Mini-Market", höre ich ihn hecheln. Sein Kollege schaut ihm heftig nickend zu.

6. Ich beuge mich zu dem Farmer herunter. Er ist bei Bewusstsein, schaut sich ängstlich um, zuckt irritiert zurück als er meine Hand fühlt, mich aber nicht sehen kann. „Alles okay. Ich will Dir helfen", raune ich ihm zu.

Kaum habe ich seinen Arm gefasst und ihn hochgezogen zischt er mir zu. „Achtung, der Dicke!"

Ich drehe mich zum Verkäufer hin und sehe, was er meint. Der steht nämlich hinter der Theke und hat ein Gewehr auf uns gerichtet.

Mein Kopf ist jetzt ein Parkhaus an, aus dem sämtliche Gedanken mit quietschenden Reifen das Weite suchen.

Erschrocken reiße ich meine Hände zur Abwehr hoch, spüre den Einkaufsbeutel in der Hand und schleudere ihn weg von mir und genau auf den Dicken zu.

Der weicht aus, kann aber nicht verhindern, das sich ein Schuss löst. Zum Glück geht der an uns vorbei und schlägt oben in ein Regal.

Ich zucke zusammen. Die brutalen Polizisten auch. „Weg mit der Waffe!", schnauzt einer von ihnen, „willst Du uns alle umbringen!"

7. Der dunkelhäutige Farmer hat wohl instinktiv das Richtige getan und ist abgehauen. Und ich? Verdammt. Der Inhaber muss mich ja noch gesehen haben, bevor ich mein Extra aktiviert habe.

Nachgefragt

„Das hätte ich Dir gar nicht zugetraut." Ich schwanke zwischen Skepsis und Bewunderung. Dass Mutter eine knallharte Staatsanwältin war, weiß ich ja. Aber so eine Aktion?

Mutig? Eine Verzweiflungstat? Oder nur schön ausgedacht? Dass ihr Selbstbewusstsein einen Knacks bekommen hat, ist ja nicht zu übersehen.

Das sage ich ihr wohl besser nicht. Also Themenwechsel. „Sag mal dieses Extra-Ding? Wie funktioniert das eigentlich?"

Erst ist sie irritiert und dann erleichtert. „Ach, davon gibt es nur sehr wenige. Ursprünglich kam das von einem asiatischen Wissenschaftler. Das Prinzip ist ganz einfach."

Sie beschreibt nun die Funktionsweise ihrer Tarnausrüstung. Tatsächlich eine eher schlichte, beinahe alberne Angelegenheit.

Demnach ist ihr Tschador nicht nur ein Kleidungsstück, sondern fungiert auch als Projektionsfläche. Die Halskrause enthält nämlich eine nach hinten und eine nach vorn gerichtete Kamera mit einem kleinen Computerprogramm, das die Aufnahmen in einen Beamer steuert. Der projiziert dann über die breiten Rüschen Bilder, die hinter ihrem Rücken zu sehen sind, nach vorn und die von vor ihr nach hinten auf den Tschador. „Die Bilder werden wie auf einer Kinoleinwand abgespielt. Und wenn das, was sich hinter oder vor mir befindet statt meiner sichtbar ist, bin ich optisch nicht mehr da."

Nun erklärt sie mir, dass die Programmsteuerung dafür sorge, dass das Ganze echt aussieht. Nur, wenn es hinter ihr unruhig wäre, sich dort sehr viel abspiele, könnten auch die flatterigen Ränder des Bildes auf dem Tschador das nicht mehr kaschieren.

Ich überlege noch, ob sie mich auf den Arm nehmen will, da schiebt sie schon hinterher. „Ich frage mich, warum Asalan ausgerechnet mir so ein Teil gegeben hat."

Das frage ich mich natürlich auch. „Hmh? Er scheint Dir sehr zu vertrauen. Gibt es da etwas, das ich wissen sollte?"

Mai 20: Vielfältiges Nichts

Ordnungskräfte. >> Asalan: „Irgendwer muss schließlich für die Sicherheit der Bürger sorgen."

„Was die Polizisten in dem Mini-Market veranstaltet haben war reine Willkür. Um nicht zu sagen Terror." Wie oft muss ich das noch wiederholen? Schließlich habe ich es ihm doch haarklein geschildert.

Asalan: „Es ist kompliziert." Seine Hände falten sich wie zu einem Gebet zusammen. „Du glaubst mir nicht?" „Doch doch." „Aber?"

Asalan: „Die Nordafrikaner sind bei Genesis nur sehr schwach vertreten. In einzelnen Biotopen kann es anders sein. Dann kommt es darauf an, welche Gruppe dort die Mehrheit stellt."

„Das ist keine Antwort", knurre ich verärgert, „Du willst das also einfach hinnehmen?"

Asalan: „Nein, aber ich muss vorsichtig sein. Ich vermute, dass es einige Leute gibt, die mit law and order-Parolen einen neuen Ortsvorsteher bestimmen wollen."

„Du hast Angst um Deinen Posten?", frage ich ungläubig nach.

Asalan: „Wenn Du es so nennen willst." Jetzt ist er auch noch eingeschnappt.

Ich weiß nicht, ob ich empört oder enttäuscht sein soll. „Wie würdest Du es denn nennen?"

Asalan: „Politik ist ein schmutziges Geschäft. Ich vermute, dass die FPG dahinter steckt. Die werben um unsere Ordnungskräfte, versprechen ihnen das Blaue vom Himmel. Sorgen dafür, das die Gewalt eskaliert. Dann rufen sie nach law und order mit harten Sanktionen und einem starken Mann."

2. „Und Genesis?", frage ich. Asalan: „Na ja, die Regierung macht Gesetze, legt die Regeln fest und setzt den Mayor ein. Der hat zwar die absolute Macht, wird sich aber aus den Niederungen der Exekutive heraus halten. Dringt zu viel Unruhe aus seinem Village nach draußen, bekommt er unter Umständen sogar Ärger mit der Zentrale."

Das klingt ziemlich fatalistisch. „Und der Farmarbeiter wird jetzt gesucht? Obwohl er das Opfer ist?"

Asalan: „Der Mini-Marktbesitzer und die drei Ordnungskräfte werden gegen ihn aussagen. Und Deine Attacke mit diesem Einkaufsbeutel werden sie ihm auch in die Schuhe schieben."

„Ich kann bezeugen, wie es wirklich war", erkläre ich nachdrücklich.

Asalan: „Du bist doch sonst nicht so naiv. Ein farbiger Angeklagter und eine Frau, die züchtig ihr Gesicht zu bedecken hat gegen drei Beamte?" Seine Hände wedeln vor meinem Gesicht herum.

Ich kann und will es nicht glauben. „Also wird man den armen Kerl dran kriegen?"

Asalan: „Es sei denn Deine Freunde geben ihm ein Alibi. Die Law and Order-Typen meinen ja sowieso, das die Schwarzen irgendwie alle gleich aussehen!" „Das kommt mir bekannt vor", brumme ich.

Asalan: „Genau. Die Welt ist kompliziert und die Menschen schlicht. Die meisten haben geistig den Tellerrand ihres Dorf ja niemals überschritten!" Sein Finger tippt in meine Richtung. <<

Aufgewacht. >> „Kaffee?", höre ich eine sanfte Stimme. Hmh? Zu heiser und brüchig für einen Traum. Ich öffne die Augen.

Da steht er vor mir. Asalan im Morgenmantel? Doch ein Traum? „Du bist gestern einfach eingeschlafen. Mitten im Gespräch." Er blickt amüsiert auf das Frühstückstablett in seinen Händen.

Ich versuche mich zu erinnern, sehe unter die Bettdecke. Nur die Shorts und das T-Shirt, die ich unter meinem Tschador trage. Wo ist der eigentlich? Ach da, über der Lehne des Stuhls neben meinem Bett.

„Kann ich das abstellen?" Er hebt das Tablett ein wenig an. Ich deute mit dem Kinn auf die Bettdecke und richte mich auf.

Das Tablett hat Beine und steht nun direkt vor meiner Nase. Der Kaffee duftet, die Brötchen, halbiert und mit Käsescheiben belegt. Daneben Tomaten, geviertelt mit Salz und Pfeffer. Woher weiß er das?

Asalan steht immer noch da, wie ein Lakai. „Kann ich mich hinsetzen?" „Klar", nicke ich ohne nachzudenken.

Er nimmt den Tschador vom Stuhl, legt ihn auf das Highboard an der Wand und nimmt Platz.

Ich atme durch und frage ihn so beiläufig wie möglich. „Hast Du mir das Teil ausgezogen?"

Sein Gesicht leuchtet wie eine angeknipste Lampe auf. „Äh,... ein Versehen", stottert er, „ich habe Dich hierher getragen.... da bin ich drauf getreten und beinahe hingefallen ...nur ein kleiner Riss....habe ich inzwischen genäht."

„Und mir vorher ausgezogen?", wiederhole ich meine Frage vorwurfsvoll. „Ging nicht anders", brummt er. Seine normale Gesichtsfarbe kommt zurück. Ist er inzwischen hellhäutiger als bei unserer ersten Begegnung geworden?

„Und sonst war nichts?" Warum frage ich nach etwas, das ich nicht hören will? Seine Verlegenheit ist nun wohl auf mich übergegangen.

Er schaut mich prüfend an. So, als suche er nach etwas ganz bestimmtem und lässt sich viel Zeit dabei. Seine Stirn legt sich in tiefe Falten. „Das überlasse ich Dir."

„Was soll das denn heißen?" „Auch das Nichts kann vielfältig sein. Du entscheidest, was es sein soll. Ich richte mich da ganz nach Dir", lächelt er mich an. <<

Nachgefragt

„Also doch", amüsiere ich mich. Mama schüttelt den Kopf, so heftig, das ich mir Sorgen mache. „Du kennst ihn nicht." „Aber Du." Sie wird energisch. „Können wir das Thema lassen."

Hmh? Will ich eigentlich nicht, aber da hat sie den Spieß schon umgedreht und zeigt auf mich. „Noch mal zurück zu Hardy. Warum sollte er nicht wollen, dass Du an dem Forschungsprojekt mitwirkst?" Ich zucke mit den Schultern.

So schnell gibt sie nicht auf. „Also, wenn Du mit dem Professor nichts hast, dann kann er ja auch nicht eifersüchtig sein."

„Ist aber so." „Und warum sollte Dein Professor Dich nehmen, obwohl Hardy Dich nicht auf die Liste gesetzt hat?"

„Na ja, Heinz ist ein alter Freund von Professor Unger. Vielleicht wollte der ihm einen Gefallen tun und hat sich meine Unterlagen selbst angesehen", vermute ich.

Mama verzieht das Gesicht als hätte sie in eine Zitrone gebissen. „Der Heinz hat Dich doch ewig nicht gesehen. Wieso soll er Dich überhaupt erkannt haben?"

„Hat er aber, sonst hätte er mich ja wohl kaum angesprochen", beharre ich und füge lachend hinzu: „Mein türkisch-deutscher Bullerkopf ist ja wohl unverwechselbar." Damit habe ich meine Mutter schon immer auf die Palme bringen können.

Mai 20: Freiheit der Sprache

Alibi. >> Die Polizei ist schnell fündig geworden. Durch die Videoaufzeichnung des Mini-Marktes hat man den Fellachen erkannt und in der Gemeinschaftsunterkunft aufgestöbert. Seine Mitbewohner haben ihn als einen gewissen Madiba identifiziert.

Meine Hoffnung mit der Videoüberwachung zu beweisen, was wirklich geschehen ist, wird allerdings enttäuscht. Denn im Bild ist lediglich der Anfang festgehalten, als Madiba einkauft und dann der Moment, wo er aufsteht und flüchtet.

„Da hat jemand etwas herausgeschnitten!", werfe ich Asalan vor. Das beeindruckt ihn wenig. „Das musst Du verstehen. Ich wollte unsere Ordnungshüter nicht in Schwierigkeiten bringen."

Mag ja sein, dass er das lustig findet. Ich kann darüber nicht lachen. „Ach, so läuft das hier."

Immerhin grinst er jetzt nicht mehr. „Im Ernst. Ein Einkaufsbeutel, der von einem Unsichtbaren herumgeschleudert wird, hätte mehr Fragen aufgeworfen als uns lieb sein kann."

Ich spüre seine Hand auf meiner Schulter. „Madiba ist schon wieder auf freiem Fuß. Karan und Wes konnten glaubhaft machen, das er ihnen zur Tatzeit im Garten geholfen hat."

Karan und Wes bei der Gartenarbeit? Blöder ging es wohl nicht. Egal. Hauptsache die beiden haben mir den Gefallen getan. „Tatzeit? Lächerlich!", schnaube ich zufrieden.

Asalan: „Das solltest Du doch am besten Wissen. Tatzeit ist ja immer auch Opferzeit!" <<

Pressefreiheit. >> Lehrman: „Eigentlich sind wir längst daran gewöhnt, dass die Pressefreiheit auch in der Demokratie nicht mehr funktioniert." Luja: „Sind wir das?"

Lehrman: „Die mächtigen Medien treiben die Politiker vor sich her, sind aber selbst nicht frei. Sie werden an Auflagen und Einschaltquoten, sprich am wirtschaftlichen Erfolg gemessen. Also müssen sie Aufreger und Skandale liefern. Am besten aus der Politik."

Karan: „Sägt diese Quoten bedingte Selbstzensur der Pressefreiheit nicht den Ast ab auf dem sie sitzt?"

Lehrman: „Die sind ja vorsichtig und bleiben gerne im Klein-Klein. Grundsatzfragen bleiben auch außen vor, weil niemand seinen Job riskieren und Sponsoren oder größere Gruppen der Bevölkerung vor den Kopf stoßen will. In dieser Hinsicht unterscheidet sich Genesis von einer freien Demokratie. Es gibt nicht mal diese Selbstzensur."

Wesley: „Klar. Weil die Machtverhältnisse und Mechanismen feststehen und offensichtlich sind. Es gibt ja niemanden, der die Interessen seiner jeweiligen Klientel mit rechtlichen, wirtschafts- oder sozialpolitischen Vorwänden bemänteln muss."

Lehrman: „Genau. Weder müssen die Konzerne die Arbeitsplätze-Keule schwingen noch die Unqualifizierten und Faulen sich hinter ihrer Ideologie verbarrikadieren. Na ja, letztere sind in unseren Biotopen ohne hin kaum vorhanden." <<

PHI

Die Medien richten ihr Informations-Angebot an der Nachfrage aus, die sie selbst geschaffen haben. Sie sind der Zauberlehrling, der Einschaltquoten rief und nun ihre Geister nicht mehr los wird.

*****

Öffentlichkeit. >> Lehrman verbindet seinen Laptop mit dem Beamer, drückt eine Taste und die Aufzeichnung einer Talkshow des Zweiten Deutschen Fernsehens wird sichtbar.

Ausgerechnet das ZDF? Dann sehe ich, dass es nur zwei Teilnehmer sind und erst um Mitternacht ausgestrahlt worden war.

2. Caspar David Friedrich ist groß im Bild und redet. „Also unsere Vorstellung von Öffentlichkeit stammt eigentlich aus dem alten Griechenland. In der Polis da trafen sich die freien griechischen Männer....Und redeten über die Angelegenheiten des Staates und des Handels...."

Mit ausholenden Handkantenschlägen in Richtung Kamera spricht er dann über das Mittelalter.

In der gab es Bildung und Information nur für eine kleine Elite. „...richtige Öffentlichkeit, ne intellektuelle jedenfalls gab es nicht."

„Und in der Renaissance kommt sozusagen dieser alter Polis-Gedanke wieder zurück und auf der italienischen Piazza in Mittelitalien entsteht unserer heutige Vorstellung von Öffentlichkeit. Das man über die Angelegenheiten des Handelns und Handels....sich mit einander unterhält." Er wischt mit beiden Händen eine imaginäre Fensterscheibe.

„Und aus dieser Öffentlichkeit entstehen irgendwann die Zeitungen. Im 17. Jahr-hundert....Und da kommt diese Öffentlichkeit her."

Ein junger Youtuber namens Rezo der ihm gegenübersitzt schafft es aus einem Glas Wasser zu trinken und gleichzeitig zu nicken.

Precht führt Daumen und Zeigefinger zusammen als halte er eine Stecknadel und perforiert die Luft. „Die ist aber angewiesen darauf, dass die Leute die gleichen Themen haben."

Die blaue Haartolle von Rezo erscheint im Bild, dann Precht, der die Arme ausbreitet. „Jetzt haben wir eine so unglaubliche Medienvielfalt und so eine Interessenvielfalt, das sich jeder bequem in seinem eigenen Segment aufhalten kann und mit den anderen Segmenten eigentlich gar nicht unbedingt Berührungspunkte haben muss."

Er schaut direkt in die Kamera: „Und es war immer eins der stärksten Argumente für die etablierten Medien,... öffentlich rechtliches Fernsehen, große Zeitungen, zu sagen, wir bündeln das."

Seine Hände schichten imaginäre Häufchen auf. „Wir greifen die Themen auf, wo die Leute sich alle mit dem gleichen beschäftigen und verhindern die Zersplitterung."

Der Youtuber wirkt konzentriert, nickt ab und zu. Ich bin überrascht. Vielleicht, weil in den üblichen Talkshow kaum noch jemand höflich zuhört ohne dazwischen zu reden.

Prechts flache Hand geht nach unten. „Jetzt gehen diese Medien aber deutlich runter. Und die Frage wäre: Können die neuen Medien auf ähnliche Art und Weise Verfüglichkeit schaffen? Oder werden sie das nie können?"

Rezo legt den Kopf zur Seite, denkt nach und redet dann von den großen Öffentlichkeiten seiner Online-Szene.

Er erwähnt einen Fall, der dort großes Aufsehen erregt hat. „Und das haben Millionen Leute mitbekommen. In den klassischen Medien kein Mensch."

Sein Vorschlag ist, das die klassischen Medien sich genau wie die verschiedenen Bubbles der sozialen Medien untereinander austauschen sollten. Damit nicht jeder nur in seiner eigenen Blase lebe und falsch eingeschätzte Aspekte korrigiert werden können.

Allerdings nicht so, dass einer der Externen den anderen die Welt erklärten. Das würde die Leute in jeder Hinsicht skeptisch machen.

Precht ist skeptisch: „Also, diese Angst, das die Menschen eigentlich keiner Information mehr vertrauen, aber ein unbegrenztes Vertrauen in die eigene Meinung haben."

Nachdenklich besorgt fährt er fort. „Das scheint sich ja im Augenblick zu verstärken. Vielleicht war das ja immer so und man hat es früher nicht gemerkt."

3. Hmh? Das Gespräch hat mir gefallen. Natürlich ist angenehm, wenn ein attraktiver Mann wie Precht auch noch was zu sagen hat.

Nach vielen Jahren mit Talkshows in den Öffentlich-rechtlichen habe ich mich daran gewöhnt, dass man nur Leute ausreden lässt, die dem Mainstream oder der Wirtschaft nahe stehen.

Dass hier zwei Männer, die völlig unterschiedlich sozialisiert sind so respektvoll sachlich miteinander umgehen, ist für mich schon ungewohnt.

Hmh? Hängen geblieben ist bei mir der Satz des Philosophen Precht. „Der Weg zur eindeutigen Meinung, der scheint immer kürzer zu werden."

Nachgefragt

Klar, die Medien berichten über manches oft. Über anderes eben nicht. Ich habe mal gelesen, dass selbst die allgemein zugänglich Fakten kaum Einfluss auf den Kenntnisstand, die Meinung oder Entscheidungen der Bürger haben. Wichtig sei nur was wahrgenommen wird. Und das bestimmen die Medien mit ihrer Auswahl des Berichtenswerten.

Ich bleibe sachlich. „Und das ist bei Genesis anders?" „Na ja, unsere Journalisten und Redakteure müssen weder auf ihre Anzeigenkunden Rücksicht nehmen noch Angst haben, es sich mit den Mächtigen zu verderben." Mutter wirft mir einen vielsagenden Blick zu.

Quod erat demonstrandum. „Und was ist über diesen Vorfall im Mini-Market mit Madiba berichtet worden?"

Die Geschichte mit dem falschen Alibi für den jungen Fellachen gefällt mir ja eigentlich ganz gut. Vom Ende her gesehen. Aber was da im Mini-Market abgelaufen ist, deutet auf einen Rassismus hin, der nicht mehr latent ist.

„Nichts", brummt Mama, „Asalan hat nur einen lobenden Eintrag in die Personalakte der Polizisten gemacht, damit die das auf sich beruhen lassen. Und für den dicken Kiosk-Verkäufer reichte der unerlaubte Waffenbesitz aus, um ihn diskret vergessen zu lassen, dass da auch noch ein wild um sich schlagender Tschador gewesen war."

Mai 20: Staatsbesuch und alter Wein

Empfang. >> Draußen auf der Straße gibt es einen größeren Menschenauflauf. Ich staune, dass es so viele sind.

Natürlich weiß ich, dass die Häuser nicht leer stehen. Aber es macht einen Unterschied, die amtliche Einwohnerzahl zu kennen oder die Menschen, die sich dahinter verbergen vor sich zu sehen.

Ich bin beinahe erleichtert, als ich darunter auch einige Leute aus der Ortsverwaltung und die Lehrer aus unseren Integrationskursen trotz Mund-, Nasenschutz erkenne.

Unsere Terrasse geht zur Straße und so mache ich auch schnell die Ursache des Auflaufs aus. Ein Aqua-Jet ist gelandet und ein halbes dutzend Männer steigt gerade aus.

Ihre operettenhaften hellen Uniformen stehen mit dem großen hellblauen Delfin auf der Brust in einem deutlichen Kontrast zu den finsteren Gesichtern ihrer Träger und den Maschinenpistolen, die an einem Riemen über ihren Schultern hängen.

Die Menge um sie herum bildet eine breite Gasse und die Uniformierten eine Art Spalier zum Ausstieg des Fahrzeugs. Die Menschen verstummen und senken die Köpfe. In den vorderen Reihen knien einige nieder. Ein Mann löst sich aus der Gruppe und geht auf den Jet zu. Asalan? Als er die Soldaten erreicht bleibt er stehen, senkt den Kopf und wartet.

2. Einige Minuten lang geschieht gar nichts. Erstaunlich, dass kein Laut zu hören ist. Immerhin sind hier mindestens hundert Leute versammelt.

Ich sehe eine Bewegung am Ausstieg des Fahrzeugs. Erst den dunklen Kopf, dann die Schultern und schließlich einen jungen Mann in einem grauen Anzug.

Er richtet sich auf und schaut umher. Mit der Haltung und Miene eines Hollywoodstars der auf frenetischen Beifall wartet? Hmh? Nicht besonders freundlich, eher missmutig prüft er wohl nur, ob sich jemand zu mucksen wagt?

Das Revers seines Jacketts fällt mir auf. Es wirkt aufgeplustert. Vor allem in Nacken. So als trüge er einen winzigen Rucksack, der zu weit nach oben gerutscht ist.

Er geht die paar Schritte auf die Knieenden zu und deutet ohne eine Miene zu verziehen mit dem Kinn auf das Rathaus.

Asalan verbeugt sich noch ein wenig tiefer und bewegt sich dann rückwärts in Richtung Gemeindehaus. Erstaunlich schnell erreicht er den Eingang vor dem Grauen, der nicht gerade langsam ist. Dann sind die beiden verschwunden.

3. Amber: „Was war das denn für eine Nummer?" Sie schaut sich irritiert um.

Nathan: „Das wirkt jetzt schlimmer als es ist." Er faltet ratlos seine Hände.

Luja: „Dieser graue Schnösel? Wer war das denn?" Professor Nathan: „Wahrscheinlich der künftige Mayor, Bürgermeister oder Lehnsherr dieses Ortes oder Kreises. Den kenne ich nicht. Wenn man nach seiner Leibgarde geht ist er mit jemandem aus der obersten Führungsriege von Genesis verwandt."

Amber: „Und der tritt hier auf, wie der liebe Gott persönlich?" Nathan: „Bei denen mit Zugangsberechtigung ist das nicht so heftig. Auch nicht gegenüber höheren Rängen. Manche Leute hier haben vielleicht Angst, dass sie den Ort verlassen müssen."

„Auch Asalan?", frage ich besorgt und hoffe, dass dieser Oberschnösel nicht seinetwegen da ist und er jetzt in Schwierigkeiten steckt.

Nathan: „Ich wundere mich selbst. Vielleicht hat er etwas angestellt, das ihn die Tätowierung kosten könnte. Trotzdem komisch. So viel wie der über Genesis weiß, kann man ihn doch eigentlich nicht von hier verbannen." <<

Pressefreiheit. >> Natürlich steht dieser ´Staatsbesuch´ auf der Tagesordnung der Redaktionskonferenz. Es wird aber keine große Sache daraus gemacht. Die Auswahl des Titel-Foto nimmt mehr Zeit in Anspruch, als Schlagzeile und Text.

Es wird kurzer Artikel darüber, das in Cascata ein Aqua-Jet der Zentralregierung gelandet ist. Nichts über den Anlass oder Grund des hohen Besuchs.

Falls es hier überhaupt schon eine Gerüchteküche gibt, wäre sie kalt oder sogar geschlossen geblieben. Nicht mal den Name des Typen konnten wir unseren Lesern nennen.

2. „Es wird höchste Zeit, dass Westerde etwas gegen Osterde und das Südkalifat mit ihren Kriegstreibereien unternimmt." Der blasse blonde Journalist trägt den Namen Lundquist, was auf seine nordische Herkunft hindeutet. „Ich bin dafür, dass wir dieses aggressive Vorgehen gegen die freie Welt groß aufhängen."

„Das finde ich auch", meldet sich der asiatisch aussehende Houng zu Wort. „Die osterdischen und südkalifaten Kriegsschiffe haben nichts vor der Küste von Westerde zu suchen."

Wesley: „Wie? Seit wann? Ich weiß nur, dass Westerde seine Flotte vor der Küste des Südkalifats und Osterdes in Stellung gebracht hat."

Er gibt sich Mühe ein einfältiges Gesicht zu machen. „Oder haben die jetzt Kriegsschiffe nach Westerde geschickt?" „Was soll denn der Quatsch?" Jack, der übergewichtige Cowboy-Typ wirkt irritiert und empört zugleich: „So etwas würde Westerde als kriegerischen Akt ansehen und mit aller Härte zurückschlagen."

Huong: „Da aber Westerde seine Kriegsschiffe vor den Küsten von Osterde und des Kalifats auffährt...Hmh? Dann sind die doch die Kriegstreiber!"

Jack. „Aber das Südkalifat will auch Atomwaffen bauen!" Wes: „Du meinst genau wie West- und Mittelerde?"

Jack: „Das Südkalifat verstößt ja auch gegen das Abkommen!"

Houng: „Das Westerde gekündigt hat?"

Der zierliche offensichtlich aus Südeuropa oder Nordafrika stammende Gianni meldet sich zu Wort: „Also schreiben wir, dass Westerde den Weltfrieden gefährdet?"

Lundquist: „Aber die haben mit Abstand die stärkste Armee. Besser wir geben Osterde und dem Südkalifat die Schuld. Daran haben sich die Leser gewöhnt."

Huong: „Oder wir schreiben, wie es ist. Und versuchen objektiv zu sein. Jede Seite macht ja ihr Ding."

Wesley: „Na, so einfach ist das nicht. Es kommt wohl auf die Perspektive an."

Auf die fragenden Blicke der anderen hin fährt er fort. „Wenn man sich nicht festlegt, wer Täter und Opfer ist, wer gut oder böse ist, kann es auch keine Schlagzeile geben."

Lundquist: „Und wenn man die falschen beschuldigt und das rauskommt?"

Wesley: „Erstens haben meistens beide Seiten ihren Beitrag dazu geleistet, das es soweit gekommen ist. Außerdem schadet es nicht, wenn sich Meldungen als falsch erweisen. Dafür ist ihre Halbwertszeit zu kurz. Bevor sich das verbreiten kann, empören sich die Medien längst über etwas ganz anderes."

Huong: „Und wenn es nicht in die allgemeine Stimmungslage passt, machen auch die seriösen Journalisten gerne mal aus einer riesigen Sauerei ein harmloses Ferkelchen."

Gianno:„So wie ich die Menschen erlebt habe, sehen und hören sie sowieso nur Nachrichten, die das bestätigen, was sie glauben wollen." <<

Scheibenwelt. >> Die Redaktionskonferenz befasst sich auch noch mit dem Niedergang der Kultur im politischen Diskurs. „Ich weiß nicht, was das bringen soll", gähnt der Cowboy laut.

Huong: „Schaut Euch doch in der Welt um. Was geschieht ist vielleicht nicht so neu. Aber wie darüber geredet und wer gewählt wird schon."

„Du meinst, weil in immer mehr wichtigen Ländern widerliche Egomanen an die Macht kommen?" Der dunkelhäutige Ngo schnaubt. „Ich verstehe das nicht. Selbst, wenn diese Typen alles richtig machen würden. Wie kann man Leute wählen, die sich so gebärden?"

Wesley: „Die Leute reden eben nur noch mit Gleichgesinnten, die so fest im Glauben sind wie sie selbst."

Huong: „Wir leben in der Scheibenwelt. Im TV und auch in den sozialen Medien werden uns merkwürdige Leute gezeigt. Die nichts können außer Geld ausgeben, reiche Erben oder durch irgendetwas bekannt geworden sind und davon leben."

Ngo: „Wie meinst Du das?" Huong: „Na durch Werbung, Teilnahme an Shows, dummeligen Quizsendungen oder Talkshows. Und die Botschaft? Wer sich durch Arbeit seinen Lebensunterhalt verdient ist zwar nützlich, aber ein Idiot, der ewig arm und unbedeutend bleiben wird."

2. Ngo: „Gibt es denn keine anderen Vorbilder? Man fragt doch die Eltern und Großeltern mit ihrer großen Lebenserfahrung um Rat?"

Wesley: „Nein. Heute wird nicht mehr das Alter geehrt sondern der Besitz eines bestimmten Produkts. Die Alten werden nicht für voll genommen, weil sie ganz anders reden und nicht auf dem neuesten Stand der Technik sind. "

Der Cowboy: „Stimmt. Kürzlich hat mich so ein Alter nach der nächsten Telefonzelle gefragt. Der hatte echt kein Handy."

Wesley: „Ja ja. Nicht mehr der Inhalt bestimmt den Wert sondern die Verpackung. Also wird guter alter Wein verdünnt und in immer neue Schläuche gefüllt."

Ngo: „Ich weiß nicht. Wieso sollten Menschen etwas kaufen, das schlechter ist als das was sie schon haben?"

Houng: „Na, es ist billig und muss nicht lange halten, ich kaufe ja doch bald wieder was neues. Das ist meine persönliche Freiheit, da muss ich niemanden fragen. Die Antworten gibt mir das Marketing der Konzerne ungefragt und auf mich zugeschnitten."

Ngo: „Das ist doch Quatsch. Wir reden hier über Massen-Produkte!"

Huong: „Das ist richtig. Ich rede von der Marketingstrategie, die dasselbe Produkt mit unterschiedlichen Attributen beschreibt, so dass sich jeder kleine oder große Egoist persönlich angesprochen fühlt."

Ngo: „Wieso Egoist?" Huong: „ Egal, ob es um die Werbung für irgendein Produkt, um Fernseh- und Kinofilme oder die Musik geht. Es ist immer das gleiche. Früher drehte sich alles um ein naives oder romantisches Gemeinschaftsgefühl. Heute ist aus dem sozialen 'Wir', ein Ich des rücksichtslosen 'Habenwollens' geworden."

Ngo:„Und deshalb werden so widerliche Typen gewählt? Das ist doch Quatsch."

Huong: „Tja, vielleicht ist das ja zu weit hergeholt. Aber ich glaube, dass einem großer Teil der Menschen die Demokratie zu kompliziert geworden ist."

Ngo: „Wer kann denn schon der Meinungsmache des Main-streams widerstehen und die Vielzahl der unterschiedlichen Informationen einordnen und bewerten?"

Houng: „Du meinst, das System von Genesis bietet den Leuten die Art von Transparenz und Sicherheit, die sie sich wünschen?" Wie bei vielen Asiaten fällt es mir schwer zu erkennen, ob er das ernst meint oder sich nur über uns lustig macht. <<

Nachgefragt

„Da ist schon was dran", bestätige ich, „je besser es uns geht, um so weniger halten wir zusammen. Und mit den Verlierern will sowieso keiner was zu tun haben."

Meine Mutter lacht. „Du meinst, nur wenn es einem selbst schlecht geht, hilft man auch anderen?" „Irgendwie schon. Aber, dass wir Jungen keine eigenen Ideen haben sollen und zu Marionetten des Marketings geworden sind? Das ist doch Quatsch."

„Ach ja? Als ich fünf war sind wir auf dem Mond gelandet. Und seit dem? In den letzten fünfzig Jahren? Nichts? Wahrscheinlich will keiner dort hin, weil ihr da keinen Handy-Empfang habt." Mama sieht noch ziemlich jung aus, aber manchmal redet sie wie eine Hundertjährige.

„Und jetzt bist Du hier und feierst die totale Meinungsfreiheit", kann ich mir nicht verkneifen. Sie schüttelt den Kopf. „Hältst Du mich für blöd. Die reden hier doch nur alles schön. Wie jede Diktatur, die ihre eigenen Gesetze und Sprachregelungen hat." Das klingt nüchtern, wie man es von einer Staatsanwältin erwarten kann.

Apropos Diktatur. „Dieser Asalan gehört ja wohl zu denen. Wieso machst Du Dir dann Sorgen um ihn?"

Sie verzieht das Gesicht. „Ach ja. Das ist mal wieder typisch für die Jugend; schneller eine Meinung haben als zuzuhören." „Ach ja?" „Ihr seid eben zu ungeduldig", schnaubt Mama.

Juni 20: Schrecken und Ende

Überfall. >> Heute darf ich Wes auf dem Weg zu einem Lokaltermin begleiten. Ein Interview mit einem Träger des grünen Delfins. Vermutlich der Typ, den das Dorf so unterwürfig empfangen hat.

Wes ist offiziell als Journalist geladen. Keine Ahnung, ob seine Mitgliedschaft in der GK Wirtschaft dabei eine Rolle spielt. Wir sind beide ziemlich aufgeregt.

Ich habe es leichter als er. Nicht berechtigt, überhaupt den Mund zu öffnen bin ich bei solchen Sachen außen vor, während Willy seinen Kopf nicht nur gebrauchen sondern auch hinhalten muss.

2. Der Weg zum Schloss führt bergauf, manchmal so steil, dass man Stufen in den Weg geschlagen hat. Vorbei an einigen Wiesen auf denen Rinder oder Schafe zu sehen sind; und an Feldern auf denen Leute arbeiten, die ich noch nie im Dorf gesehen habe.

Nur manchmal schauen sie von ihrer Arbeit auf und werfen uns Blicke zu. Abweisend? Befremdet? Vielleicht kennen sie ja den Intranet-Artikel der Cascata Nuevo,, in dem Wes sich darüber ausgelassen hat, die landwirtschaftliche Produktion nachhaltiger und sozialer zu gestalten.

Darin wird auch auf das Spannungsfeld zwischen Ökologie, Vielfalt der Erzeugnisse und auf den erhöhten Bedarf an Fachkräften hingewiesen. Irgendwer hat das dann so verstehen wollen, dass die einfachen Landarbeiter ersetzt werden müssten.

Es ist also hier auch nicht anders als in der Welt draußen. Man reißt Halbsätze solange aus ihrem Kontext, das die gemachte Aussage in ihr Gegenteil verkehrt wird.

3. Während wir noch besorgt auf die Felder schauen, passiert es. Wes fällt neben mir zu Boden als hätte ihn der Schlag getroffen. Erschrocken schaue ich mich um, sehe einige Männer mit dunkler Haut dicht hinter uns. Die habe ich gar nicht kommen hören. Im ersten Moment will ich sie um Hilfe bitten, doch dann sehe ich ihre finsteren Mienen und die Knüppel in ihren Händen.

Sie schauen auf Wes herunter. Soweit ich ihrem leisen Schnattern folgen kann, streiten sie sich. Darüber, dass einer von ihnen zugeschlagen hat und was sie denn nun machen sollen.

4. Mich beachten sie kaum. Na ja, in soweit schon, dass mich jemand am Arm mit sich zieht und der Schubkarre folgt, auf die man den bewusstlosen Wes gelegt hat.

Es geht einen schlängeligen Weg hinunter. Bei einer Straße hätte man wohl von engen Serpentinen gesprochen. Unser Dorf Cascata ist nicht mehr zu sehen.

Statt dessen taucht vor uns ein langes, flaches Gebäude auf. Es wirkt frisch gestrichen und gleichzeitig heruntergekommen. So als hätte Architekt sich große Mühe gegeben, dem relativ neuen Gebäude den Charme einer vergammelten Baracke ein zu hauchen. <<

Befragung. >> Unsere Entführer sind nicht gerade zimperlich. Sie zerren Wes auf einen Stuhl und fixieren ihn mit einem breiten Klebeband.

Sie stellen Fragen, laut und alle zur gleichen Zeit. „Was sie ihm denn getan hätten" und „wie es weitergehen sollte".

Wesleys langatmige Antworten gehen in dem lauten Gebrüll fast unter. Ich verstehe nur einzelne Worte, wie „Versorgung", „nachhaltig" und „effizient".

Das bringt die aufgebrachten Männer erst recht auf die Palme. Einer von ihnen schlägt mit der Faust in sein Gesicht, während die anderen wilde Drohungen ausstoßen.

Wollen sie etwas bestimmtes von ihm hören? Ihre Stimmen überschlagen sich. Laut und alle durcheinander kommt letztlich keiner von ihnen zu Wort.

2. Ein vierschrötiger Mann betritt den Raum. „Was habt ihr denn da gemacht?", schnauzt er sie an. Ihrer Körperhaltung nach ist er eine Art Vorarbeiter oder Anführer.

Ich verstehe ihn nicht, aber seine Stimme verrät Autorität. Und mehrfach ist ein in seine Richtung gebrülltes Abu zu hören. Sein Name?

Sie treten einen Schritt zurück, so dass ich Wes nun wieder sehen kann. Mit seiner schiefen Nase und der Platzwunde in seinem Gesicht erkenne ich ihn kaum wieder.

Ob sie von seinem Anblick selbst erschrocken sind? Jedenfalls lassen sie ihn in Ruhe.

Wesley verzieht seine aufgesprungenen Lippen. In einem schlechten Horrorfilm ging das als dämonisches Lächeln durch. „Okay. Nehmen wir an ich würde Eure Art von Gastlichkeit vergessen. Wie geht es dann weiter?"

Seine Stimme klingt so lapidar und dumpf, dass ich Mühe habe nicht loszuheulen. Nicht nur meine Beine und Hände zittern, auch mein Kopf hat einen Wackelkontakt. Gut, dass mich niemand sieht.

„Du willst uns von hier vertreiben!", wirft Abu ihm vor. Oder rechtfertigt er sich nur. „Und wenn ich Euch helfe?" Wes spuckt erst die Worte und dann ein wenig Blut heraus.

3. Es entspinnt sich nun eine heftige Diskussion zwischen Abu und den anderen. Es dauert. Doch irgendwann haben sich selbst die Hass erfülltesten Kommentare erschöpft.

Wes nutzt die Atempause und spricht ruhig, beinahe freundlich: „Ihr wisst nicht, was ihr machen sollt?"

Das hilflose Gemurmel und die herunter hängenden Schultern der Arbeiter sind eine deutliche Antwort.

4. Keine Ahnung wieso. Aber Wesleys Worte scheinen die Wut einiger anderer Männer angestachelt zu haben. Die sind wohl neu hinzugekommen oder haben sich bisher zurückgehalten. Jedenfalls sind sie mir bisher nicht aufgefallen.

Weil ihre Gesichter unter den Kapuzen kaum zu erkennen sind? Sind sie hellhäutiger als die anderen oder weiß? Ich habe ihre Gesichter ja kaum sehen können.

Abu schaut besorgt in ihre Richtung. Da gehen die Typen auch schon auf Wes los. Diesmal ist es anders. Nicht hasserfüllt und laut schimpfend, sondern ruhig und systematisch schlagen sie auf ihn ein. Ich sehe eine Eisenstange, die jemand in beiden Händen hoch hält und sie herunter fahren lässt.

Ich spüre, wie sein Kopf getroffen wird. Ein stechender Schmerz durchfährt mich als hätte es mich selbst erwischt.

Küchengespräch. Ich komme wieder zu mir und öffne die Augen. Der Boden auf dem ich liege ist gekachelt und entsprechend hart. Eine Küche? Ich sehe auf. Zu einer Frau.

Zumindest glaube ich, das eine in dem Tschador steckt, der sich zu mir herunter beugt.

Eine Hand fasst meinen Oberarm, zerrt mich grob zur Seite und dann wütend hoch, bis ich auf meinen Beinen stehe. Die Frau schlägt ihren Schleier zurück und nimmt die Sonnenbrille ab. Ich schaue in ein hübsches, nicht mehr junges, sehr energisches Gesicht. „Was willst Du hier?", schnauzt sie mich an.

Ich brauche einen Moment, um mich daran zu gewöhnen, so einfach angesprochen zu werden. Und noch einen, um eine Antwort auf ihre absurde Unverschämtheit zu finden. „Hier? Das fragt die Frau von Entführern und Totschlägern ihr Opfer?"

Sie sieht mich verwundert an. Hmh? Völlig überrascht kann sie eigentlich nicht sein. Dass es in dem großen Gemeinschaftsraum einen lautstarken Gewaltausbruch gegeben hat, war ja nicht zu überhören gewesen.

„Deine Leute wollen meinen Begleiter erschlagen!", zische ich sie an. „Ihr habt es doch verdient!", knurrt sie und schiebt ihr Kinn vor, „Du lügst."

Hmh? Der übliche Fanatismus, der keine Logik braucht? Nein. Sie ist schockiert. Ich schildere, was geschehen ist. Sie fragt ungläubig nach. Immer wieder. Immerhin erfahre ich, dass sie Aische heißt. „Wer bist Du überhaupt? Und Dein Begleiter? Ist der wirklich tot? Oh Gott," stammelt sie schließlich und sieht mich hilfesuchend an. „Was machen wir denn jetzt?"

Ich zucke mit den Schultern. Zur Polizei gehen und sich stellen, fällt mir zunächst ein. Dann denke ich daran, wo wir hier sind. „Keine Ahnung."

Aische öffnet die Tür, winkt einen Mann herein, der offenbar der ihre ist, und gibt ihm kurze Anweisungen in einer mir fremden Sprache, die auch mein Übersetzer nicht versteht.

Nur eines glaube ich gehört und hoffe es richtig verstanden zu haben. Ein Wort, das so ähnlich klingt, wie der Spitzname eines alten Bekannten: „Prophesa." Der Professor?

Extremisten. >> Sie haben mich zurück in den großen Raum gebracht in dem ich niedergeschlagen worden war. Die Farmarbeiter sind noch da und genauso aufgeregt wie vor meinem Blackout.

„Sie sind weg!", krächzt Abu und schaut auf den Stuhl herunter. Ich folge seinem Blick und kann Wesley sehen. Oder das was von ihm übrig ist.

Sein blutiger Kopf hängt nach vorn herunter, die Arme sind grotesk verdreht. Mein Gott! Sie haben ihn umgebracht. <<

2. Weitere Männer kommen von draußen herein. Nach ihrer Kleidung und den Hacken in ihren Händen zu schließen, kommen sie gerade erst von ihrer Arbeit auf den Feldern zurück.

Abu: „Seid froh, dass ihr nicht selbst in der Hand der Extremisten seid." So, wie er sagt, müssen sie ihm dankbar sein, dass es Wes und nicht sie erwischt hat. Er versucht den Neuankömmlingen, vielleicht auch sich selbst das Ganze Geschehen zu erklären.

Es klingt nach Rechtfertigung und schlechtem Gewissen. Aber er lässt Willy auf dem Stuhl hängen, die Unterarme immer noch auf die Lehnen gefesselt. So als traue er sich nicht, ihn los zu machen.

3. Die Männer sprechen ihn nun mit seinem Nachnamen oder Titel an. Das klingt lang und ungewohnt. Hört sich an wie Maischenbracker oder Müschenhecker mit den üblichen arabisch-asthmatischen Atmern mittendrin.

„Extremisten?", fragt ein Neuankömmling mit dunklen Locken und jugendlich-ebenmäßigen Gesichtszügen. Abu nickt. „Wir sind einfache Leute und wollen am Leben bleiben. Nicht an Corona sterben oder vertrieben werden und verhungern."

Ach je. Die übliche Rechtfertigung gewalttätiger Revoluzzer. Er holt weit aus. Meine Anwesenheit hat er vergessen. Falls er mich jemals mal wahrgenommen hat.

Immerhin wird es informativ. Ich erfahre, dass es etwa vierhundert Fellachen in Cascata gibt. Sie haben als sogenannte Fremdarbeiter wohl nicht die gleichen Rechte, wie die Bürger der Gemeinde.

Ja, man bezahle sie sehr gut. Aber sie fürchteten, dass man sie vertreiben würde, wenn ihre Aufbauarbeiten in ein paar Wochen abgeschlossen sind.

Vor einem Monat wären noch etwa zwanzig weitere Leute zu ihnen gestoßen. Auch Landarbeiter, die als gläubige Fanatiker aber meistens für sich blieben. Sie hätten einen Imam, eine Art Hohepriester, der aus der Ideologie von Genesis ein düsteres Bild für die Menschen ableitet.

Nur für die wahrhaft Gläubigen gäbe es noch die gottgewollte Vermehrung der Völker, während der unfruchtbare Westen ihre Vernichtung betreiben würde. Und zwar systematisch. Krieg, Hunger und Krankheiten würden Tod und Elend verbreiten.

4. „Na ja, so ganz Unrecht hat er ja nicht", räumt Abu ein. „Die Christen sind wohl die einzige Religion, die ihren eigenen Gott verspottet."

Und dann erzählt er seinen Landsleuten vom Weihnachtsfest, bei dem in jedem Jahr die Geburt des Jesus Christus verhöhnt würde. Dieser Jesus hätte ja die Krämer und Geldverleiher aus dem Tempel vertrieben, weil sie dort ihre Geschäfte gegen den Willen Gottes machten.

Heute würden die Christen sich darüber lustig machen, in dem sie Weihnachten vor allem in den Kaufhäusern feiern und sich das Geld dafür bei den Banken liehen.

Sie sprächen sogar selbst von Konsumtempeln in denen sie ihrem Gott Mammon huldigen konnten.

5. Dieser Jesus habe vor allem von Frieden und Barmherzigkeit gepredigt. Ein schlechter Witz für die heutigen Christen, denn sie führen so viele Kriege, wie sie nur können. Und damit auch kein Zweifel an der vollständigen Ablehnung der Lehre ihres Gottes aufkommen kann, lässt man die Kinder, Frauen und Männer, die vor den Kriegen flüchten, im Meer ertrinken oder sperrt sie in Lager, in denen sie vor Hunger, Kälte und Dreck sterben. Das alles feiern sie an Weihnachten, singen höhnische Lieder in denen sie sich am Elend anderer Menschen erfreuen.

Abu: „ Der Imam sagt, dass Gott Feuer und Wasser auf die Erde schicken wird und für die gerechte Strafe der Frevler sorgen." <<

Nottransport. >> Eine knappe Stunde später taucht Professor Nathan bei uns auf. Er ist nicht allein gekomen. Ein Rettungswagen steht vor der Unterkunft.

Ein Mann in einem roten Overall steigt aus und kommt mit schnellen Schritten auf uns zu. Der Notarzt? Ein kurzer Rundumblick ohne die Landarbeiter zu beachten, die einen großen Kreis um den Stuhl herum bilden.

So ist es nicht schwer das Opfer ausfindig zu machen, das leblos zwischen den Lehnen hängt.

Er drängt sich durch die Reihen zu ihm hin. Falls er ihn der Anblick entsetzt, lässt er es sich nicht anmerken. Er prüft den Puls an Handgelenk und Hals, horcht die Brust mit dem Stethoskop ab und tastet dann gründlich an Wes herum. Nimmt sich Zeit.

Der Professor schaut ihn an. Aber der Notarzt kann oder will noch nichts über das Ergebnis seiner Untersuchung sagen. Außer: „Wir tun, was wir können."

Hmh? Besonders optimistisch klingt das nicht. Kein Wort dazu, ob er überhaupt noch lebt.

3. Kurz darauf wird Wes auf eine Bahre gepackt, in eine bronzefarbene Folie gewickelt und abtransportiert. Nathan erklärt uns, dass Wesley Willy in eine Klinik geflogen wird. Angeblich zu einer Spezialklinik, in die er ihn begleiten würde. <<

** PHI **

Die Tendenz zur Kausalverschiebung gewinnt auch in den westlichen Demokratien an Boden. Ist die politische Spaltung der Bevölkerung bereits fortgeschritten stört es nicht, wenn eine Schuldzuweisung jeder Logik entbehrt.

*****

Nachgefragt

„Was ist das denn für eine Räuberpistole?", platzt es aus mir heraus, „das hast Du Dir doch ausgedacht. Oder?"

„Kathy, Kathy!" Meine Mutter schnalzt ein vorwurfsvolles „tz, tz", und sagt, was eigentlich ich ihr sagen müsste. „Allmählich mache ich mir Sorgen um Deinen Geisteszustand. Glaubst Du ernsthaft, ich würde mir so etwas ausdenken?"

Ich zögere. „Na ja." Nun wird sie richtig streng. „Ich erzähle Dir etwas, das ich auch mit Aufzeichnungen belegen kann. Während Du ja nicht mal weißt, wie Du hierher gekommen bist."

„Da steckst Du doch dahinter", wehre ich trotzig ab. Sie lacht mich aus. „Also ich entführe Dich hierher, um Dir meine Hirngespinste zu erzählen. Richtig? Vielleicht bilde ich mir ja auch nur ein, dass Du hier bist und mit mir zankst."

Ganz schön dreist von ihr. Egal. So komme ich nicht weiter. Also andersherum: „Hast Du denn etwas von diesem Wesley gehört? Wie geht es ihm denn?"

„Das weiß ich nicht genau." Sie klingt besorgt. Ich frage sie das naheliegende: „Sind die Übeltäter denn nun verhaftet worden?"

„Klar habe ich sie angezeigt." Sie zuckt mit den Schultern. „Die Fellachen sind natürlich verhört worden. Konnten auch einige Hinweise geben. Die Ermittlungen dauern noch an."

Mai 20: Ein müdes Interview

Der Mayor. >> Ich kann es gar nicht glauben. Wahrscheinlich wäre ich weniger überrascht, wenn der Papst mich in seine Privatgemächer eingeladen hätte. Und weniger aufgeregt.

Die protzige Einladung, die mir der Ortsvorsteher überreicht, erinnert mich an eine geschmacklose Weihnachtskarte. Zuerst habe ich es für einen Scherz gehalten.

Asalan: „Da musst Du hin. Absagen ist nicht vorgesehen." Er versucht sich amüsiert zu geben. Doch ich kenne ihn inzwischen gut genug. Er ist besorgt. Meinetwegen!

„Komm doch einfach mit", sage ich leichthin. Keine Ahnung, ob ich das ernst meine. Asalans Miene verfinstert sich. „Die Einladung ist nur für Dich. Du kannst niemanden mitbringen." Seine Stimme zittert.

Das klingt nicht gerade beruhigend. „Und wie komme ich dann dahin?", schiebe ich an dem Kloß in meinem Hals vorbei.

2. „Aussteigen!", kommandiert der untersetzte Gardist durch seine Maske und bleibt damit seiner militärischen Sachlichkeit treu.

Bereits als er mich zu Hause abholte erschöpfte sich seine Gesprächsbereitschaft in dem Wort „Einsteigen!" Dabei zeigte er auf ein überdachtes offenes Fahrzeug ohne Türen.

So ein Ding habe ich schon mal auf einem Golfplatz gesehen. Ich war seiner energischen Handbewegung gefolgt und hinten eingestiegen.

Während der Fahrt fragte ich ihn natürlich nach dem Grund für die Einladung und was mich denn erwarten wird. Keine Reaktion. Ich hätte nicht mal sagen können, ob er mich überhaupt gehört hat.

Wahrscheinlich war ich für ihn ohnehin nichts anderes als ein Sack Reis, den er transportieren musste. Na ja. Optisch unterscheidet sich mein unförmiger Tschador auch nur wenig von der Verpackung dieses wichtigen Grundnahrungsmittels.

3. Der Gardist wartet bereits neben dem Fahrzeug und deutet auf den Eingang zu der schlossähnlichen Villa des Mayor. Er trägt Handschuhe. Um eine Berührung mit mir zu vermeiden?

Neben der Treppe, die zur breiten Tür führt, stehen zwei weitere Uniformierte Spalier. Sie treten einen Schritt zur Seite und lassen mich vorbei.

Ich staune über den hohen breiten Flur, der mich an das Foyer eines Theaters erinnert. Noch mehr über die junge Frau, die mich in Empfang nimmt. Klein, zierlich und dunkelhaarig begrüßt sie mich mit einem freundlichen Lächeln. Sie ist nicht verschleiert und trägt statt eines Tschadors einen modernen Hosenanzug. Den üblichen Mund-, Nasenschutz suche ich bei ihr vergebens.

Vorwurfsvoll abschätzig sieht sie mich von oben bis unten an. „So kannst Du nicht zum Mayor. Gehen wir ins Ankleidezimmer."

Verdutzt folge ihren kleinen Trippelschritten durch eine Tür und finde mich in einer kleinen Boutique wieder, wie ich sie aus der Einkaufsmeile in Hannover kenne.

Jetzt bin ich froh, dass ich auf Asalan gehört habe. „Zieh Dir normale Klamotten an. So was mit Rock und Shirt. Den Tschador kannst Du ja überwerfen."

Zu überlegen, was ich anziehen sollte, brauchte ich nicht. Ich habe hier in Cascata nur die Sachen, mit denen ich hierher gekommen war. Und meine flachen Pumps sind ja unter dem Tschador nicht zu sehen.

Statt mich nun von dieser 'Damenoberbekleidungsexpertin' beraten zu lassen, muss ich also nur den Tschador ausziehen und bin wieder im 21. Jahrhundert.

Sie wirft mir einen erstaunten Blick zu und schnalzt dann mit anerkennend mit der Zunge. Ein Kompliment? Nach dem monatelangen Entzug stimmt es mich beinahe euphorisch.

Blöd ist nur, dass ich die Halskrause und mein Extra ablegen musste. Okay, das hätte auch nicht zu dem Rest gepasst.

Immerhin kann ich den Translator mit der Aufzeichnungsfunktion weiter tragen. Der ist unauffällig und für das Gespräch mit dem Mayor wahrscheinlich nötig. Wer weiß, aus welcher Ecke der Welt der kommt.

4. Sie führt mich wieder auf den Gang und hin zu einem großen Saal. Der ist vor allem hoch. Ohne die schweren Lüster, die von der Decke herab hängen, hätte das hier auch eine Turnhalle sein können.

Da, am anderen Ende, sitzt er, nein er thront dort regelrecht; der Mayor auf einem protzigen Sessel. Goldverziert.

Der Typ ist jung, kaum über dreißig, zierlich, nicht besonders groß. Ein hübsches, schmales Gesicht unter dunklen Locken schaut hochnäsig auf mich herab.

Die junge Frau - sie hat sich mir nicht vorgestellt - schiebt mich in seine Richtung. Ich gehe die zwanzig Schritte auf ihn zu. Unsicher, steif, wie auf einer Bühne.

Dann stehe ich vor ihm. Drehe ich mich noch mal nach ihr um, aber die Namenlose ist verschwunden.

„Schön, dass Sie es einrichten konnten", schnarrt es aus seinem Translator, „Nehmen Sie doch Platz."

Ich sehe mich um. Nur zwei kleine Stühle, die aus einem Kindergarten sein könnten, rechts und links neben dem Thron. Der Mayor nickt mir aufmunternd zu. Es ist also sein ernst.

5. Im Sitzen kommt er mir riesig vor, zumindest imposant. „Ich habe gehört, was ihrem Freund passiert ist. Schrecklich!" Seine Anteilnahme wirkt gekünstelt. Das kann aber auch am Translator liegen.

„Ja, danke, finde ich auch", stottere ich, „äh, wissen Sie vielleicht, wie es ihm geht?" Sein Blick bleibt ein wenig zu lange auf meine Knie gerichtet. Ich zupfe meinen Rock herunter.

Er schaut mir wieder ins Gesicht und gibt sich höflich. „Nein, leider nicht. Kennen Sie ihn gut?" Was soll ich sagen? Außer: „Ja, ich hatte beruflich mit ihm zu tun."

Seine Augenbrauen gehen hoch. „Beruflich?" Ich schildere ihm kurz, welche Rolle Wesley, ach nein Willy, im letzten Jahr für den Prozess gegen die Mafia gespielt hat.

Nun habe ich seine volle Aufmerksamkeit. Höfliches Interesse? Ich habe kein gutes Gefühl dabei. Vorsichtshalber berichte nur noch das notwendigste. Den Professor erwähne ich nicht.

Der Mayor klatscht freundlich lächelnd in die Hände. Da erscheint auch schon die junge Frau mit einem Tablett und zwei zierlichen Porzellantassen darauf.

Sie hält die Arme über den Kopf, so das er seine Tasse erreicht ohne sich vorzubeugen. Dann schwebt das Tablett vor meiner Nase.

„Tee. Aus hiesigem Anbau. Sehr gut. Probieren Sie." Seine leise Stimme ist nun tief und duldet keinen Widerspruch. Ich nehme die Tasse. Staune über das beinahe durchsichtige Porzellan.

Der Tee riecht süßlich und herb zu gleich. Ich trinke vorsichtig. Heiß. Aber nicht zu heiß. Nehme noch einen Schluck. <<

Aufwachen. >> Ich muss wohl eingeschlafen sein, na ja eher weggetreten. Aber so schnell?

Das Wachwerden ist allerdings zäh. Es dauert bis ich bemerke, dass ich hin und her geschüttelt werde, ein Rumpeln oder Scheppern höre und ein lautes Surren, wie von einem Rasierapparat.

Ich schlage die Augen auf. Ein paar Häuser und Bäume schwanken an mir vorbei. Es fällt mir schwer mich zu orientieren.

Benommen erkenne ich, das ich in diesem komischen Gefährt sitze, das mich bereits abgeholt hat. Auch mein Fahrer scheint der selbe zu sein.

Ich sehe an mir herunter und stelle erleichtert fest, dass ich den Tschador trage. Mit allem drum und dran. „Was ist los? Warum bin ich hier?", krächze ich, rechne aber nicht mit einer Antwort.

Mein Fahrer verzieht vorwurfsvoll das Gesicht und ist für seine Verhältnisse beinahe gesprächig. „Sei froh, dass Dein skandalöses Verhalten keine Folgen hat. Einfach vor den Augen des Mayors einzuschlafen. Tz, tz. Nun muss ich Dich auch noch nach Hause bringen."

Juni 20: Religion und Medien

Trost. >> Bin ich beim Mayor tatsächlich einfach weg genickt? Oder hat er mir etwas in den Tee getan? K.o.-Tropfen? Eine Wahrheitsdroge, um mich auszufragen?

Asalan: „Selbst wenn er Dich tatsächlich ausgehorcht hätte und Du ihm alles gesagt hast, was er wissen wollte. Kein Drama. Du hast doch nichts zu verbergen. Und selbst wenn. Er müsste schon wissen in welche Richtung das geht und Einzelheiten kennen, um Dich gezielt danach fragen zu können."

Hmh? Ich kann nur hoffen, dass es nicht um meine Meinung über Genesis oder um Indizien ging, die meinen Verdacht erhärtet haben. Etwas konkretes weiß ich ja nicht. Da drohte mir dann keine Gefahr. Wunschdenken?

Ganz anders sähe es natürlich aus, wenn er mich gefragt hätte, was Karlheinz und Willy über die spanische Mafia wissen. Ich vermute ja immer noch, dass Genesis mit diesen Leuten zusammenarbeitet.

2. Ich bin ganz froh nicht zu Hause herumsitzen zu müssen und ein wenig Ablenkung zu haben. Luja macht mich wahnsinnig. Immer wieder will sie von mir hören, was genau geschehen ist. Jedes Detail. Ich versuche sie so gut es geht zu trösten, denn wir wissen immer noch nicht was mit Wesley los ist.

Und so ertappe ich mich dabei, mir Kleinigkeiten auszudenken, von denen ich glaube, dass sie sie hören möchte.

Aus dem Weg gegen kann ich ihr ja leider nicht. Habe ich sie tatsächlich einmal beneidet, weil sie in unserem Haus mit ihm zusammenlebte und nicht alleine war, wie ich? <<

Glauben. >> Wie jeden Dienstag und Donnerstag sitze ich im Seminarraum und folge den Ausführungen des Lehrers. Es geht heute um den Grundgedanken von Genesis, den er oft und gerne wiederholt.

Lehrman: „Stellt Euch vor, was passieren würde, wenn jeder wüsste, dass Genesis nur wenigen Auserwählten vorbehalten ist, während alle anderen durch die Klimakatastrophe oder Kriege sterben werden."

Luja: „Von wegen Auserwählt? Skrupellos meinst Du wohl."
Lehrman: „Den moralischen Zeigefinger kannst Du vergessen. Genesis tut nichts anderes als das, was West- und Mittelerde schon lange machen. Eure Sprache verrät euch bereits. Ihr redet doch von der Dritten Welt, so als wärt ihr selbst erste. Bloß, weil ihr es seid, die die anderen ausbeuten."

Amber: „Ja, das ist schlimm. Immerhin zahlen wir auch einiges an Entwicklungshilfe." Lehrman: „Na toll. Deshalb lasst ihr die armen Teufel nicht in eure Biotope sondern einfach verrecken?"

Ein schlanker, dunkelhaariger Mitschüler meldet sich zu Wort: „Es sind einfach zu viele. Wir können doch nicht alle retten."

2. Lehrman: „Es wird Euch vielleicht überraschen, aber viele der Mitglieder der Organisation sind ziemlich religiös. Nicht nur die Muslime, auch die Katholiken glauben an ein Leben nach dem Tod und an das Fegefeuer."

Amber: „Das ist doch nicht Dein Ernst. Ausgerechnet diese zynischen Genesis-Leute?"

Lehrman: „Na ja, es ist auch ganz praktisch. Menschen, die an eine höhere Macht glauben sind leichter zu führen sind als die rationalen Atheisten."

Luja:" Schlimm genug." Lehrman: „Was glaubt ihr, wie die Schöpfungsgeschichte in Bibel oder Koran entstanden ist? Schon vor 2000 Jahren haben sich die Mächtigen mit einigen Gelehrten zusammengetan und sich eine Religion geschaffen, die ihnen die Macht sichert. Gib dem Kaiser, was des Kaiser ist. Kennt ihr doch." <<

PHI

Gott Allah hat Genesis Feuer und Schwert geschenkt, um die Schöpfung zu erhalten. Und den Menschen, die in der Hölle für ihre Sünden gebüßt haben, steht das Paradies offen.

*****

Medien. >> Karan: „Die Menschen sind doch heute durch die Medien aufgeklärt." Er zwinkert mir zu: „Die sorgen schon dafür, dass wir uns eine Meinung bilden."

Amber: „Immerhin werden wir einigermaßen informiert."

Lehrman: „Glaubst Du das wirklich? Gut und böse, Recht und Unrecht sind doch längst wieder zu einer Glaubensfrage geworden." Man hätte meinen können, dass er mit den Augenbrauen spricht.

Amber: „Es gibt auch Fakten. Die sind objektiv und keinesfalls zu widerlegen."

Lehrman: „Das ist sicher richtig. Oder war es einmal. Wenn heute mächtige Leute mit ihren Medien Fakten lange genug als Fake News abtun, dann entscheidet die Mehrheit subjektiv."

Amber: „Aber nicht, wenn man etwas zählen oder messen kann. Das ist dann unbestreitbar ein objektives Faktum."

Lehrman: „So einfach ist das in unserer komplexen Welt nicht mehr. Oder sind sich alle darüber einig, wo der Hals einer Schlange anfängt oder endet?"

2. Amber: „Sind die Leute denn inzwischen so verblödet, dass sie das nicht bemerken?"

Lehrman: „Gar nicht mal falsch. In mehreren westlichen Staaten haben einige Wissenschaftler festgestellt, das die Intelligenz der Menschen sukzessive geringer wird."

Amber: „Wie bitte?" Lehrman: „Man führt das auf die einseitige Ernährung und auch auf die moderne Technik, die uns mehr und mehr entlastet. Klingt gut, hat aber zur Folge, dass wir selbst kaum noch Kopfrechnen oder eine Straßenkarte lesen können."

Karan: „Aber doch nicht, um die Leute zu verblöden?" Lehrman: „Doch schon. Es ist Teil einer allumfassenden Marketingstrategie. Je weniger wir können, um so mehr Hilfsmttel brauchen wir. Oder kurz gesagt: Dumm kauft am meisten!"

3. Amber: „Was hat das damit zu tun, das Genesis den größten Teil der Menschheit sterben lassen will?"

Lehrman: „Na, das hatten wir doch schon. Gutes Marketing braucht Egoisten, die mehr haben wollen und besser leben als ihre Nachbarn; oder im Genesis-Fall zu denen gehören wollen, die am Leben bleiben." Amber: „Ohne schlechtes Gewissen?"

Lehrman: „Klar, die übrig bleiben bestimmen wer die Guten und wer die Bösen dieser Geschichte sind. Das war schon immer so."

** PHI **

Egoismus ist der Motor eines Konsums, der den tatsächlichen Bedarf weit übertrifft. Er steuert das persönliche Miteinander und begrenzt den unrentablen Humanismus.

*****

Juli 20: Die Bürgschaft

Rätselhaft. >> Luja geht es wieder besser. Sie hat von Asalan erfahren, dass Wes Willy auf dem Weg der Besserung ist. Natürlich freut sie sich über die gute Nachricht und stellt mir tausend Fragen, die ich leider nicht beantworten kann.

Unser Ortsvorsteher muss wohl seinen redseligen Tag gehabt haben. Angeblich hat er ihr gegenüber sogar davon gesprochen, wie sehr er mir vertraut.

Keine Ahnung, warum die das so stört. Hat er sich ihr gegenüber daneben benommen? Oder ist zwischen den beiden etwas vorgefallen, dass sie mir nicht erzählen will? Jedenfalls ist sie wohl misstrauisch geworden. „Wenn Du mit Asalan so dicke bist, musst Du doch mehr über ihn wissen."

Natürlich ärgere ich mich über sie, komme aber auch ins Grübeln. Vielleicht hat sie ja recht. Obwohl wir viel Zeit miteinander verbringen, weiß ich kaum etwas über ihn. Also beschließe ich, ihm ein wenig auf den Zahn zu fühlen.

2. Asalan: „Warum ich Dir vertraue? Na ja. Du hast Dir als Staatsanwältin einen gewissen Ruf erworben. Auf wen kann ich mich denn hier verlassen?"

„Ich weiß gar nichts über Dich. Du aber offenbar so einiges über mich. Wieso?" Eine harmlose Frage.

Eigentlich. Doch er sieht mich an als hätte ich ihm einen unsittlichen Antrag gemacht. Dann legt er die Hände vors Gesicht als wolle er es vor mir verstecken. Jetzt fällt mir auf, dass er keine Maske trägt.

Er will nicht mir reden. Das ist offensichtlich. So wird es wohl sein. Hmh? Dann kann ich ja auch gehen, denke ich und stehe auf.

Er klappt seine Hände auseinander, als öffne er ein Tor hinter dem sich etwas ganz abscheuliches verbirgt.

Asalan: „Es hat Jemand für Dich gebürgt." Seine Lippen sind schmal, bewegen sich nur widerwillig.

„Wer? Ich kenne doch hier niemanden", platze ich heraus. Asalan:„Das kann ich Dir nicht sagen."

„Ich dachte, wir wären so etwas wie Freunde?", höhne ich enttäuscht. Sein Gesicht entschuldigt sich. „Ich habe es versprochen."

Ich schaffe es nicht laut zu werden. „Wem?" „Freundschaft ist eine volatile Währung", brummt er verlegen und schiebt zögernd hinterher: „Es ist jemand, den wir beide kennen."

3. Wie oft habe ich Schwerverbrechern gegenüber gesessen, die sich nicht trauten über ihre Komplizen zu reden.

Die Erfahrung zeigt, dass der Rand des Tellers meistens nicht ganz so heiß ist wie der Brei in seiner Mitte.

Ich versuche es: „Okay, nicht den Namen. Aber Du hast ihm nicht versprochen, gar nichts über ihn zu sagen?"

Er sieht mich erstaunt an. „Was ich sagen darf? Wie meinst Du das?"

Will er mich auf den Arm nehmen oder spielt er auf Zeit? „Na ja, sonst etwas. Woher kennst Du ihn. Wie sieht er aus? Groß? Klein? Dick? Dünn? Was macht er? Woher kennt er mich?"

Asalan: „Nun, eine Personenbeschreibung darf ich Dir nicht geben. Vielleicht so viel. Er ist so etwas wie ein Botschafter oder Berater von Genesis."

„Und woher kennt er mich?", wiederhole ich. „Keine Ahnung. Er meinte nur, dass er Dir mal als Zwerg begegnet sei", zuckt er mit den Schultern. „Wie bitte?"

Seine Finger verschränken sich ineinander. „Na ja. Er hat da so einen Standardspruch. Den bringt er manchmal, wenn jemand auf dicke Hose macht." „Ja und?"

Asalan: „Warte mal ich will nichts falsches sagen." Die Innenflächen seiner Hände sind nun offen, wie aufgeschlagenes Buch.

Er atmet noch einmal durch und zitiert dann überdeutlich wie ein alter Bühnenschauspieler. „Je höher die Sonne steht, um so kürzer ist der Schatten." <<

Nachgefragt

„Ein Zwerg?", grinse ich. Mama zuckt mit den Schultern. Das kenne ich. Wenn sie etwas sehr beschäftigt, schweigt sie sich gerne aus. Als könnte ich, das was sie sagt, gegen sie verwenden.

Hmh? Eine andere Frage liegt mir schon länger auf der Zunge: „Sag mal. Dein Besuch bei diesem schnöseligen Fürsten. Erinnerst Du Dich inzwischen, was da war?" Sie schüttelt nur den Kopf.

Hmh? Was hatte sie mir sonst noch erzählt? Ach ja: „Religion und Medieninformationen? Was haben sie gemeinsam?" Sie verzieht den Mund: „Beides ist eine Glaubensfrage."

„Der Zusammenhang zwischen Religion und Intelligenz?" „Na ja. Glauben erspart das Denken und schont das Gewissen. Weil die höhere Macht ja alles vorbestimmt."

Okay, ihr Denkapparat scheint noch zu funktionieren. Mein Gedächtnis auch. „Sag mal, der Asalan. Da läuft doch was?"

Sie gibt mir tatsächlich eine Antwort. „Vielleicht ist es nur, weil er sich als Ortsvorsteher in Genesis-Dingen auskennt und mir Orientierung gibt. Aber Du hast es ja selbst gehört. Er mir steht nur zur Seite, weil jemand für mich gebürgt hat."

Im nächsten Moment redet sie wieder streng zu mir wie eine Lehrerin. „Ich denke das reicht. Willst Du gar nicht wissen, was sonst noch passiert ist?"

Juli 20: Systemfragen

Zurück. >> Wesley ist wieder da; quicklebendig, als wäre nichts geschehen steht er vor der Wohnungstür. Na gut, eigentlich der Rollstuhl in dem er sitzt.

Aber wie! So gelassen und souverän, als residiere er auf einem Thron mit Rädern.

Luja stürmt freudig erleichtert auf ihn zu und umarmt ihn heftig. Ihr „Aua!" ist laut und klingt irritiert. Sie geht einen Schritt zurück und verzieht Ihr Gesicht zu einem Fragezeichen.

„Wie soll ich es sagen", grinst er verlegen, „die haben einiges bei mir ausgetauscht, weil die Originalteile kaputt waren. Einiges wird von außen durch eine Art Korsett gestützt. Ich nenne es meine Rüstung."

Luja: „Ach, Du lieber Gott." Wesley: „Na ja, der Professor hat dafür gesorgt, dass die besten und modernsten Ersatzteile verwendet wurden. Ich bin jetzt fitter als je zuvor. War bestimmt sehr teuer."

Hmh? Schon Willy war ziemlich nüchtern gewesen, aber Wes redet über seine schweren Verletzungen und die aufwendigen Operationen als gehe es um die Reparatur eines Autos.

Luja: „Der Rollstuhl...?" Wes: „Nein nein, nur noch ein paar Tage. Aber so lange wollte ich nicht warten. In der Klinik war es mir zu langweilig."

Karan: „Hat man die Typen, die Dir das angetan haben inzwischen erwischt?" Wesley: „Nein, das war auch nicht zu erwarten bei einer Anzeige gegen Unbekannte mit Kapuze."

Datenschutz. Seit Tagen zerbreche ich mir den Kopf darüber, wer für mich gebürgt haben könnte. Und so krame ich in meiner Vergangenheit herum. Mir fallen ein paar interessante Begegnungen ein und noch mehr, die ich lieber vergessen hätte.

Das ist jedenfalls spannender als mein Job. Der ist nicht direkt langweilig, aber es gibt ziemlich wenige rechtliche Fragen zu klären. Genesis hat wohl sehr darauf geachtet, dass möglichst wenig Interpretationsspielräume bleiben.

Meine Aufgabe ist es vor allem, mögliche Lücken und Widersprüche aufzuzeigen. Ich gebe mein Bestes, um Änderungen anzustoßen, die meines Erachtens notwendig, zumindest sinnvoll wären.

2. Diesmal geht es Datenschutz. Die Regelungen sehen vor, dass jeder erfahren kann, was über ihn gespeichert ist. Okay.

Irritierender Weise darf er sich aber auch erkundigen, was denn über seinen Nachbarn vor liegt. Das diene dem Zusammenhalt und der inneren Sicherheit. Jede Blockseite sei ja schließlich eine einzige große Familie.

Dagegen sind aggregierte Daten zur Bevölkerungsstruktur nach sozio-ökonomischen Merkmalen über den ganzen Ort oder Bezirk geheimzuhalten. Angeblich würde das die relative Position des Einzelnen durch mögliche Vergleiche bloßstellen.

Kopfschüttelnd versuche ich die Widersprüche und Probleme, die durch die familiäre Transparenz und den Vergleich mit Aggregaten auftreten können gegeneinander auszuspielen. Und zwar so vorsichtig, dass die Gesetzgeber hoffentlich von selbst auf die richtigen Ideen kommen werden.

Eigentlich könnte ich meine Stellungnahme auf schriftlichem Wege abgeben. Keine Ahnung, warum Asalan sie stets in einem persönlichen Gespräch von mir hören will. Vielleicht ist er an meiner Meinung ehrlich interessiert. Dass er eine Schreib-, Leseschwäche hat, glaube ich ja eher nicht. <<

Videokonferenz. >> Ich erfahre, dass Miller ein alter Bekannter des Professors und einer der Vorsitzenden der Grundsatzkommission ist.

Wes hat mich nicht nur über seine Einladung informiert, sondern bittet mich auch, an der anberaumten Videokonferenz teilzunehmen. „Nein, Miller hat nichts dagegen. Er sieht das genauso wie ich. Es bringt nichts über Wirtschaftsmechanismen zu reden ohne die rechtlichen Rahmenbedingungen zu berücksichtigen." „Gibt es da denn schon was?"

Wesley: „Nicht viel. Das wird noch in einer anderen Grundsatzkommission erarbeitet. Mit der steht er im Austausch. Das ganze soll schließlich praktikabel sein!"

2. Und so sitze ich nun mit ihm vor dem Bildschirm. Genau genommen jeder vor seinem. Zwei Meter auseinander. Wegen Corona.

Bei meinem Gerät ist die Kamera abgedeckt worden. Das erspart mir die übliche Verkleidung. Ein Tipp von Asalan. <<

Wirtschaftstheorie. >> Miller geht nach einem kurzen „nice to see you" gleich in medias res. „Welches Wirtschaftssystem kommt überhaupt in Frage?" Ich bin nicht sicher, ob ich ihn richtig verstanden habe und drehe den Ton ein wenig lauter.

„Wie wäre es mit Kameralistik?", höre ich jemanden sagen und schaue auf den Bildschirmen nach, wer das gesagt hat.

Hmh? Ein mir unbekannter gut aussehender jüngerer Mann. Ben Arab ist sein Name eingeblendet.

„Kameralistik ist ein Rechnungswesen und kein Wirtschaftssystem", hüstelt jemand spöttisch. Ein älterer weißer Mann, der auf einem Fernseher rechts unten als einer von Vieren angeordnet ist. Wäre er nicht einen Moment über alle anderen hinweg vergrößert worden, hätte ich Mr. Johnson gar nicht entdeckt.

Der Araber läuft rot an, was bei seinem ohnehin gebräunten Teint beinahe ins Schwarze geht. Ich rechne mit einer heftigen Reaktion, denn er öffnet wütend den Mund.

Ein anderer ist schneller als er: „„Kapitalismus, freie Marktwirtschaft sorgen für die effizienteste Produktion."

Ich suche den Sprecher auf dem Bildschirm. Vergeblich. Kein Wunder, denn er sitzt direkt neben mir.

Wesley redet schon weiter. „Wohlstand für alle? Nein, das ist ein anderes Thema. Die richtige Frage muss lauten: ´Wer sind die Wettbewerber, wenn sich alle Produktionsmittel in der Hand des Staates befinden? So sollten wir die Genesis-Regierung wohl verstehen. Oder?" Er schaut fragend von einem Bildschirm zum anderen.

Miller: „Worauf willst Du hinaus? Das wäre doch wie im Kommunismus?"

Wesley: „Nicht ganz. Da soll ja alles im Eigentum des Volkes liegen. Übrigens, ein nicht besonders effizientes System."

„Ist Genesis ein Staat?", fragt ein rundlicher Mr. Carlson mittleren Alters, der auf dem Bildschirm rechts außen zu sehen ist.

„Na ja. Feudalismus mit einem wohlwollenden Diktator." Der graumelierte Typ mit der Nickelbrille am oberen Rand des linken Bildschirms. Er heißt Lyon und schiebt amüsiert hinterher: „Und wenn diejenigen, denen alles gehört und die die Macht haben gar nicht besonders wohlwollend sind?"

Der bärtige Mr. Gonzales, den ich in Südamerika verorte, ergänzt: „Aufgrund ihrer sozialen Ader sind die ja vermutlich nicht so reich geworden."

Carlson: „Nein, die sind nicht dumm. Sie haben zwar Unmengen an Kapital und ihnen gehören die Immobilien der Genesis-Welt. Aber sie wissen, dass sie Geld, Grund und Boden nicht essen können. Sie haben ja nur gelernt ihr Geld anzulegen, auszugeben, zu spekulieren und damit die Wirtschaft und Politik zu steuern."

Wesley: „Also kann Genesis nicht nur die Vermögenden mit ihrer Sippschaft und den erforderlichen Sicherheitskräften aufnehmen. Sie brauchen auch Leute, die etwas herstellen oder leisten. Also Bauern, Techniker, Handwerker, Verwaltungsleute und so weiter."

Gonzales: „Genau wie in unserer alten Welt. Das ist doch nichts neues."

Carlson: „Genesis wird die Fehler der marktwirtschaftlichen Demokratien nicht wiederholen. In denen will ja jeder möglichst reich werden."

Wesley: „Genau. Der Genesis-Adel will unter sich bleiben. Und wenn es niemanden mehr gibt, der sich auf Kosten der anderen bereichern will, können sie die normalen Leute zu fairen Bedingungen für sich arbeiten lassen und so einen akzeptablen Sozialstaat schaffen." <<

Systemfrage. >> „Die Frage ist ja, was am besten funktioniert!", dröhnt der dicke Mr. Dorsey, der als Kommissions-Vorsitzender eingeblendet ist.

Miller: „Hören wir doch mal, was Herr Olten meint. Er war ja wohl mit seinen Ausführungen noch nicht am Ende."

Wesley: „Monarchie, Feudalismus, Diktatur, Demokratie, Kapitalismus, Kommunismus oder Sozialismus unterscheiden sich vor allem in ihrer Ideologie. Das sagt zunächst mal nichts über das Wohlergehen der Menschen."

„Und die Freiheit?" Ein Mann mit Kurzhaarschnitt und dem Namen Stadelsky wird eingeblendet.

Wesley: „Freiheit ist ohne Frage ein wichtiges Gut. Sicherheit, Gesundheit und Wohlstand auch. Die Menschen in der dritten Welt haben oft keines davon."

Carlson: „Auf der anderen Seite haben wir kommunistische Diktaturen, die die Freiheitsrechte der Bürger stark beschneiden, es aber geschafft haben, dass niemand mehr hungern muss. Und wir haben auch reiche westliche Demokratien, die die Freiheit der Bürger respektieren, aber nicht dafür sorgen, das jeder genug zu essen hat oder sich einen Arztbesuch leisten kann."

„Was soll der Quatsch!", tönt es empört gleich aus mehreren Bildschirmen."

Carlson: „Ganz einfach. Die Ideologie oder die Regierungsform ist nicht so wichtig. Entscheidend ist, was man daraus macht."

Wesley: „Auch in einer Demokratie haben oft Leute das Sagen, die ihre Macht und ihren Reichtum mehren wollen. Das Wohlergehen aller Bürger spielt nur insoweit eine Rolle, als es das System stabilisiert."

Carlson: „Im Genesis-System können wir nicht wählen. Es gibt aber auch keine Medien, die uns dazu bringen gegen unsere eigenen Interessen zu stimmen und irgendwelchen Rattenfängern in die Arme treiben."

Pareto-Optimum. >> Miller: „Lassen wir also die Ideologie mal weg und gehen es rational an. Genesis-Konzept ist ja entstanden, weil die Ressourcen endlich, aber der Verbrauch immer weiter steigt."

Wesley beginnt nun wild mit Zahlen um sich zu werfen. Die entscheidenden Faktoren wären der pro-Kopf- Verbrauch und die Zahl der Menschen. Genesis habe richtig erkannt, dass der Ressourcenverbrauch von rund 8 Mrd. Menschen zu hoch und nicht bei allen gleich sei. Vermutlich läge der Verbrauch der reichsten 2 Mrd. höher als der der ärmeren 6 Mrd. „Also muss man entscheiden, was man will. Wie beim Pareto-Optimum bedeutet ein Mehr für das Eine ein weniger für das Andere. Also, welchen Grenzkonsum und welche absolute Bevölkerungszahl akzeptabel ist. Erst dann kann man Ganze berechnen." Miller: „Das Ganze?"

Wesley: „Die Frage ist doch, wie viele Menschen mit welchem Verbrauch die Erde verkraften kann. Nimmt man den Klimawandel und diese Corona-Krise hinzu, haben wir vielleicht noch ein paar Jahre um radikal umzusteuern. Wenn man den technischen Fortschritt zielgerichtet nutzt lässt sich für alle 8 Mrd. Menschen ein Lebensstandard erhalten, wie wir ihn in den 60er bis 70er Jahren hatten. Natürlich darf die Bevölkerung nicht noch weiter wachsen."

Dorsey: „Und was wären die Alternativen?" Wesley: „Alternativ könnte man für eine durch Not und Elend auf 4 Mrd. reduzierte Menschheit den Lebensstandard der 80er bis 90er Jahre klimaneutral sicherstellen."

Gonzales: „Es ist also das einfachste, die Zahl der Menschen zu reduzieren? Da sind wir doch schon dabei. Durch Kriege und Flüchtlingsströme sterben ja schon viele. Du meinst, das reicht nicht. Und deshalb ist Genesis notwendig?"

Wesley: „Ich meine nicht, ich rechne nur. Wenn wir zu lange zögern, wird die Menschheit schlimmstenfalls ins Mittelalter zurückfallen. Da es weltweit nur 200-500 Mio. Menschen."

Stadelsky: „Verschone uns mit Deinen Horrorgeschichten." Wesley; „Okay, wir können es auch laufen lassen und uns vermehren wie die Heuschrecken. Bis wir alles aufgefressen haben und kein Lebewesen mehr existieren kann. Nicht mal die Heuschrecken selbst."

3. Gonzales: „Die Leute werden das doch irgendwann mitbekommen und gegensteuern."

Wesley: „Werden sie wirklich etwas ändern? Nach meinen Erfahrungen, werden die trägen Massen lediglich über das Wasser klagen, das ihnen bis zum Hals steht. Und die Hätte-hätte-Fahrradkette-Medien nach einem Schuldigen suchen."

Carlson: „So gesehen, ist das Genesis-Konzept nur folgerichtig. Oder sieht das jemand anders?"

Miller: „Na ja. Wir sind die Auserwählten. Und wer den Sumpf trocken legen will, wird wohl kaum die Frösche fragen."

PHI

Vor 12.000 Jahren gab es auf der Welt schätzungsweise 4 Mio., vor 500 Jahren rund 30 Millionen Menschen. Im Durchschnitt nahm die Bevölkerung also alle hundert Jahre um 0,2 Millionen zu.

Von 500 bis 1970 nach Christus verhundertfachte sie sich auf rund 3.690 Millionen. In den letzten 50 Jahren verdoppelte sich die Weltbevölkerung, in 100 Jahre wären das 8.600 Millionen. Das nennt man exponentielles Wachstum oder eine Pandemie.

*****

Nachgefragt

Hmh? Dass die Umweltbelastung durch sparsameren Umgang mit den Ressourcen verringert werden sollte ist mir nicht neu. Das halte ich sogar für richtig.

In einigen Ländern gibt oder gab es ja sogar Geburtenkontrollen. Aber das hier klingt viel radikaler. „Also die Zahl der Menschen und/oder der Prokopf-Verbrauch sollen drastisch reduziert werden?", vergewissere ich mich.

Sie nickt, sieht mich aber so vorwurfsvoll an, als stamme die Idee von mir und ergänzt: „Gegenwärtig steigt der Verbrauch der Menschen in den ärmeren Ländern aber so stark an, dass das nicht mal durch drastische Einschnitte der reichsten Ländern ausgeglichen werden könnte."

„Du willst sagen, dass eine Senkung des Pro Kopf-Verbrauchs nicht möglich ist", hake ich nach. „Das reicht auf keinen Fall aus", bestätigt sie.

Ihre nüchterne Logik macht mich fassungslos. „Deshalb sollen nur ein paar Millionen Verbraucher übrig bleiben und der Rest muss sterben?"

Mama macht nun das, was sie meistens macht, wenn es zu gruselig wird. Sie relativiert. „Na ja, das ist ein Schreckgespenst mit dem man die Mitglieder der Organisation bei der Stange halten will." Mein skeptischer Blick ist wohl nicht zu übersehen. Also legt sie nach.

„Das ist doch genau wie mit den Märchen. Nach dem ich Dir Rotkäppchen und der Wolf vorgelesen habe, bist Du ja auch nicht mehr alleine in den Wald gelaufen."

Guter Versuch, aber: „Apropos. So viele bei der Stange halten. In allen Biotopen zusammen sollen das angeblich zig Millionen sein. Was hat Genesis eigentlich davon? Denen müssten doch sichere Plätze für sich, ihre Familien und Lakaien sowie ein paar zigtausend Malocher für die Produktion genügen."

Mama sieht mich erstaunt an. „Du meinst, weil diese Leute immer noch ihren persönlichen Profit im Auge haben?"

Ich zucke mit den Achseln. „Das Parlament und die Regierung von Genesis setzt sich doch aus den Investoren zusammen, die Unsummen in das Projekt stecken?"

„Worauf willst Du hinaus?" „Keine Ahnung. Aber wie wahrscheinlich ist es, dass diese Typen sich im Parlament als Gleiche unter Gleichen und nicht als Konkurrenten verstehen?"

Meine Mutter nickt: „Keine Ahnung. Aber welchen Sinn sollte hier ein Wettbewerbs machen?"

Juli 20: Sicher wohnen

Bodycam. >> Gestern bin ich dabei gewesen, wie ein Mann überführt wurde, obwohl er alles abgestritten hat.

Asalan spielte ihm nämlich eine Aufzeichnung vor, auf der eindeutig zu sehen war, wie er einen Supermarkt überfällt und dabei den Inhaber mit einer Pistole bedroht. Man konnte sogar hören, wie er die Herausgabe der Tageseinnahmen verlangt.

Erst als ich zu Hause in der Küche sitze und auf die Dunstabzugshaube schaue fällt es mir auf. Die merkwürdige Perspektive aus der die Aufzeichnung gemacht worden war?

Vielleicht waren ja mehrere Kameras installiert. Hhm? Dann hätte aber jemand Regie führen müssen und die Bilder der verschiedenen Kameras ´zusammenschneiden´. Und zwar so perfekt, dass sich die Perspektive ohne erkennbare Schnitte verändert?

Und dann habe ich es verstanden. Die Überwachung des Biotopes und seiner Einwohner erfolgt viel umfassender als ich es mir je hätte vorstellen können.

Sowohl der Räuber als auch der Ladeninhaber mussten eine Art Bodycam getragen haben, die alles festhält was geschieht. Und wenn man genauer hinschaut gibt es nur eine Möglichkeit, wo sich diese Kamera befinden kann. Im Übersetzungsmodul, das jeder von uns um den Hals trägt!

Das Ding ist also nicht nur eine Kommunikations- oder Lernhilfe. Vor allem überwacht es uns rund um die Uhr, hält alles fest, was wir sagen und tun. In Wort und Bild. Und zwar auf einem Server, auf den man im Rathaus zugreifen kann.

2. In dem empörten Gefühl eine wichtige Entdeckung gemacht zu haben, kündige ich Wes und Luja an, dem Asalan deshalb ordentlich die Meinung zu geigen. Natürlich bei uns zu Hause, wo wir weder verschleiert sind noch etwas um den Hals tragen.

„Ich weiß, erzähl uns doch mal was Neues", holt Luja mich nüchtern auf den Teppich zurück. Also haben es alle gewusst. Ohne mir etwas zu sagen?

Hmh? Wahrscheinlich ging man ja davon aus, dass ich längst von selbst darauf gekommen war. Als wäre das nicht schon peinlich genug schiebt Amber hinterher: „Sag Asalan besser nichts davon. Er muss Dich nicht noch für geistig minderbemittelt halten." <<

Reihenhaus. >> Wer es nicht selbst erlebt, kann es sich vielleicht gar nicht vorstellen. Reihenhäuser sind anders als es die Begrifflichkeit vermuten lässt, keine Häuser sondern Wohnungen deren Zimmer nicht neben- sondern übereinander liegen.

Man würde ja denken, dass Leute dort eine recht enge Nachbarschaft leben. Aber das Gegenteil ist der Fall. In einer Reihenhaussiedlung gelten eigene Regeln.

Vielleicht, um den Charakter des eigenen Hauses zu betonen oder weil die räumliche Nähe durch persönliche Distanz ausgeglichen werden soll.

Wie dem auch sei. Obwohl Amber und Karan nur zwei Hauseingänge von uns entfernt wohnen, habe ich die beiden noch nie besucht.

2. Heute will ich das ändern. Also ziehe ich mir den Tschador über. Den Schleier lasse ich weg. Für das kleine Stück ist das ja wohl nicht nötig.

Die zwanzig Meter bis zu dem kleinen Weg, der zum Hauseingang führt sind schnell zurück gelegt. Ich schaue bereits auf die Klingel neben der Tür, die ich gleich drücken werde.

Da sehe ich aus den Augenwinkeln eine Bewegung vor einem der freistehenden Häuser, das etwa dreißig Meter entfernt liegt. Ich vergesse die Klingel und schaue genauer hin.

Eine Gestalt, die gerade erst herausgetreten ist, geht wieder hinein. Eine Frau? Hmh? Ohne Tschador? Ich habe sie nicht richtig sehen können, dafür ging es zu schnell. Irgendetwas an ihr kommt mir aber bekannt vor.

Ich ducke mich, um nicht gesehen zu werden. Dann fällt mir ein, dass ich dafür ja dieses Extra habe. Ohne zu zögern schalte ich es ein und mache mich auf den kurzen Weg zum Bungalow.

Nach ein paar Metern bleibe ich wieder stehen. Unsicher, ob ich wirklich weitergehen will, sehe ich mich um.

Na ja, mal nachschauen, ob alles in Ordnung ist, gehört ja wohl zu einer guten Nachbarschaft.

Also gehe ich weiter zur Haustür. Direkt daneben ein großes Fenster. Ich schaue hinein und fahre zurück.

3. Ein Mann und eine Frau hinter der Scheibe, nur einen Meter von mir entfernt. Sie drehen mir den Rücken zu.

Die Unbekannte geht in den Flur, will wohl das Haus verlassen. Da höre ich auch schon die Haustür aufgehen. Ich unterdrücke den Reflex schnell wegzulaufen und rühre mich nicht von der Stelle.

Die Frau steht jetzt im Eingang, wirft sich hastig den Tschador über und dreht sich noch mal um. Der Mann ist ihr in den Flur gefolgt.

Ich kann ihn hören. „Wir müssen aufpassen, dürfen sie nicht unterschätzen." Die Stimme klingt vertraut, aber alles andere als angenehm.

„Ich habe das Gefühl, das sie uns nicht mehr vertraut", seufzt die Frau und schiebt vorwurfsvoll hinterher. „Das wird mit Deiner Heimlichtuerei nicht besser. Gölge. Das ist ja lächerlich."

„Ahnt Dein Mann eigentlich etwas? Hast Du es ihm gesagt?" Er spricht so leise, das ich ihn nur mit Mühe verstehen kann.

„Nein, bloß nicht. Der würde ein Riesentheater machen. Er würde es auch nicht für sich behalten", erklärt sie hastig und wendet sich ab. „Ich muss jetzt los."

Sie schaut jetzt in meine Richtung. Ob ich weiß, dass mein Extra mich unsichtbar macht spüre ich ihren Blick am ganzen Körper. Weil ich nun weiß, wer sie ist und fürchte, dass sie mich ebenfalls erkennt? Aber was macht Amber Sana hier?

Zum Glück hat sie es eilig und macht sich hastig auf den Weg. Wäre ich nicht zur Seite getreten, hätte sie mich sicher umgerannt.

Die Haustür ist wieder zu. Jetzt lässt der Typ die Rollläden herunter. Ich schaue der Frau im Tschador nicht hinterher, denn ich weiß ja wo sie wohnt.

4. Und jetzt? Auch, wenn Amber inzwischen wieder zu Hause ist, sollte ich für heute auf den geplanten Nachbarschaftsbesuch wohl besser verzichten.

Meine Gedanken lassen sich allerdings nicht so einfach auf ein anderes Mal verschieben. Hat Amber eine Affäre? Immerhin hat sie sich den Tschador erst wieder angezogen, als sie gegangen ist? Andererseits habe ich genau gesehen, das sie noch ihre normalen Klamotten trug. Oder hat sie die erst kurz bevor ich gekommen bin, wieder angezogen? Verdammt. Diese absurde Kleiderordnung hat auch bei mir schon ihre Spuren hinterlassen.

Wovon haben die beiden eigentlich gesprochen? Wer ist diese Sie? Was soll vor ihr geheimgehalten werden? Und warum soll Karan Karlheinz nichts davon erfahren?

Vor allem frage ich mich, wer dieser Kerl sein mag und was er mit Amber zu tun hat. Und Gölge? Was soll das denn für ein Name sein? <<

Nachgefragt

„Gölge? Klingt irgendwie türkisch", überlege ich, „du warst doch früher oft mit mir in Izmir?" „Das ist lange her", sagt Mama als wäre es verjährt und sollte am Besten ganz vergessen werden.

Also das andere Thema. „Bist Du wirklich überrascht wegen der Kameras?" Sie sieht mich wieder an und lächelt: „Na ja, da war ich wohl wirklich naiv. Mag sein, das es an dem Dorf liegt. Das wirkt auf mich so ländlich harmlos. Und diese Kleiderordnung? Das passt doch nicht zusammen. Einerseits dieser Tschador und andererseits Kameras, die uns filmen."

Na gut, ich will sie nicht weiter in Verlegenheit bringen. „Und was ist das mit Amber oder Sana. Ich kenne sie zwar kaum, aber sie ist wohl nicht der Typ, der fremd geht."

Sie wirft mir einen Blick zu, den ich nicht deuten kann. „Das glaube ich ja auch nicht. Aber wieso hat sie Kontakt zu diesem Nachbarn? Als Frau kannst Du hier eigentlich niemanden kennenlernen. Im Tschador ist man ja isolierter als in einer Einzelzelle."

„Das ist tatsächlich merkwürdig", gebe ich zu, „andererseits, hast Du ihn ja als deutschsprechenden Typen beschrieben. Die kennen sich vielleicht von früher."

August 20: Journalisten-Los

Soldaten. >> Natürlich habe ich überlegt, ob ich Amber darauf ansprechen soll. Einige meiner Bemerkungen in ihre Richtung wären eine gute Gelegenheit für sie gewesen, mir das Ganze zu erklären. Zumindest, wenn es eine harmlose Begründung gab. Nichts.

Da unser Verhältnis ohnehin nicht das beste ist, verzichte ich darauf, sie mit meinen Beobachtungen zu konfrontieren.

Bei Karan habe ich es ebenfalls versucht, ihn sogar auf diesen Nachbarn im Bungalow angesprochen. Doch er sah mich nur mit großen Augen an.

2. Na gut. Es gibt wichtigeres. Zum Beispiel die Unruhen im Dorf. Wir trauen uns kaum noch vor die Tür. Vor einigen Tagen waren Uniformierte aufgetaucht, die wohl von der Regierung geschickt worden waren. Weil es in der letzten Zeit die eine oder andere Demonstration gegeben hat.

An denen nahmen vor allem Fellachen teil, aber auch ein paar hellhäutige Bürger. Bisher verlief alles friedlich. Eigentlich.

Nur ab und zu tauchen ein paar Typen auf, die mit Flaschen und Steinen werfen. Ein paar Fensterscheiben sind zersplittert.

Die Garde, wie sich die angekommen Soldaten nennen, geht deshalb ziemlich hart vor.

Pech! Wenn die Ordnungskräfte erscheinen sind die gewaltbereiten Chaoten bereits verschwunden. Also trifft es nur die friedlichen Demonstranten.

Es kommt zu einigen Verhaftungen. Allerdings scheint das Ganze wenig organisiert zu sein. Angeblich weiß nicht mal Asalan, wohin die armen Teufel gebracht werden.

Redaktionskonferenz. >> Es liegt wohl in der Natur der Sache, das wir noch keine wirklich aufregenden Beiträge veröffentlicht haben. Kurze Berichte über die Fertigstellung eines Gebäudes, Arbeits- oder Verkehrsunfälle und zu einem Disput im Gemeinderat über die Gestaltung der öffentlichen Grünanlagen. Und nun auch über die Demonstrationen gegen die diskriminierende Einbürgerungspolitik.

Offizielle Verlautbarungen zu den Verhaftungen gibt es nicht. Wir selbst wissen ja nur vom Hörensagen, was dabei geschehen sein soll. Und da wir auf Spekulationen verzichten wollen, bleibt dieses Thema journalistisch unberührt.

2. Im übrigen hat sich meine Zusammenarbeit mit Wesley ganz gut eingespielt. Bei den Recherchen in den weltweiten Medien gehen wir arbeitsteilig vor. In den Redaktionskonferenzen und Interviews mit Funktionsträgern bzw. Einwohnern Cascatas und benachbarter Gemeinden halte ich mich im Hintergrund.

Hmh? Nett formuliert. Der Hintergrund wird ja im Gegensatz zu mir wenigstens wahrgenommen. Es fällt mir immer noch schwer so ignoriert zu werden.

3. Politische Themen haben wir bisher nicht aufgegriffen. Die Innenpolitik gibt nicht viel her und außenpolitisch liegen uns kaum zuverlässige Informationen vor.

Das was wir von den Neuzugängen erfahren erscheint uns oft widersprüchlich. Offenbar ist die Sichtweise der Leute ihrer Herkunft entsprechend eingefärbt. Je nach dem aus welcher Gegend der Welt sie stammen stellen sie dieselbe Militärintervention als glorreiche Befreiungsaktion oder entsetzliches Kriegsverbrechen dar.

4. Bringt man die Aussagen der Zuwanderer auf den kleinsten gemeinsamen Nenner, bleibt wenig zu berichten übrig.

Eigentlich nur, dass die klimabedingten Katastrophen deutlich zugenommen haben, neue Kriege entflammt sind und viele alte Konflikte neu entfacht wurden. Ansonsten kennen wir nur den alten Stand.

Also das Westerde politisch gespalten ist. Nicht ungefährlich in einem Land, dass, wie Nathan es einmal formuliert hat, „die persönliche Freiheit mit der Zahl der Schusswaffen pro Privathaushalt gleichsetzt.

Und die gute alte Mittelerde versteht sich immer noch als friedliebende Wirtschaftsmacht, die ihre säbelrasselnden Nachbarn gewähren lässt, ihnen irgendwelche Fördermittel zahlt und das dann Friedenspolitik nennt.

Ziemlich besorgniserregend, aber letztlich nichts Neues, dass einen Beitrag in unserem Medium rechtfertigen könnte.

5. Wir haben uns auch daran gewöhnt, das Verlautbarungen von Regierungsseite eher nichtssagend sind und gelernt vor allem zwischen den Zeilen zu lesen.

Heute haben wir wieder mal eine Erklärung der Genesis-Regierung auf dem Tisch. Eine Mischung aus zukunftsorientierter Programmatik und endloser Auflistung des bereits Erreichten. Ein gelungenes Marketingprodukt in dem viele Worte so aneinander gereiht sind, dass Widersprüche als Gemeinsamkeiten und ungelöste Probleme als Erfolge erscheinen.

Gerüchte. >> Ich weiß nicht, ob ich es bereits erwähnt habe. Dieser große Immobilientyp namens Trumtier ist ja eine große Nummer in Westerde. Er war emotional, richtete sich gegen Institutionen und Minderheiten und gewann die Mehrheit der Bevölkerung mit seinem Motto. „Niemand will Steuern zahlen. Also ist es doch demokratisch, keine Steuern zu erheben und die öffentlichen Aufgaben durch Spenden zu finanzieren."

Da sich die meisten Bürger davon goldene Zeiten versprachen wählten sie ihn für das höchste Amt, das Westerde zu bieten hat.

Ursprünglich eher belächelt, stiegen seine Zustimmungswerte auch bei den Parlamentariern von Genesis deutlich an. Denn sein Credo die Steuern immer weiter zu senken würde Westerde zwar irgendwann ins Chaos stürzen, war aber für jeden der Milliardäre im Parlament und damit für die Finanzierung des Genesis-Projektes von Vorteil. Und so wurde er auch dort zum Anführer gewählt.

2. Der Professor hat uns von seiner letzten Reise einige Neuigkeiten mitgebracht. Demnach war Trumtier von Corona infiziert gewesen, hatte es aber Dank bestmöglicher Versorgung überlebt. Eigentlich eine gute Botschaft.

Besorgniserregend sei dagegen, dass er sich nun als immun betrachtete. Ob er schon immer so war, es am Medikamentencocktail lag oder er unter Drogen stand, war unklar.

Nicht zu übersehen war dagegen, dass er sich inzwischen für eine Art Messias hielt, der Corona besiegt, also der Gekrönte war.

Ob es an seiner Ankündigung goldener Zeiten für alle lag oder an seinem rötlich-blondes Haar. Für seine eingefleischten Anhänger ist er seit dem nur noch der goldene Lord. Sie hingen an seinen Lippen als verkünde er ein neues Evangelium, während andere sich nicht mehr trauten ihm zu widersprechen.

3. Nun stehen bei Genesis wie üblich alle drei Jahre auch noch die Präsidentschaftswahlen an. Normalerweise eine Formsache, denn es ist vorgesehen, dass dem Anführer noch eine weitere Amtszeit zugestanden wird.

Einer ungeschriebenen Übereinkunft entsprechend, sollte der Vorsitz nur alle sechs Jahre zwischen den Vertretern beiden großen Blöcke im Genesis-Parlament wechseln. So sollte eine gewisse Kontinuität gewährleistet werden.

Derzeit sieht es jedoch so aus, dass der Lord nicht genügend Stimmen bekommen wird, denn seine sprunghaft-autoritäre Amtsführung stößt zunehmend auf Widerstand.

Die Folgen für Genesis waren sogar im Kabinett spürbar. Rücktritte und Entlassungen waren an der Tagesordnung. Manche sahen sogar das ganze Projekt gefährdet.

Doch der Lord und Teile des Parlaments dessen Abgeordnete auch die Wahlmänner sind, stellen die Behauptung auf: „Ein Sieg Trumtiers kann nur durch Manipulationen verhindert werden."

Es gab noch ein weiteres Problem. Sein Gegenkandidat war eigentlich nur der Form halber aufgestellt worden.

Alt und eher schwach war er ursprünglich nur der Form halber und als der sichere Verlierer ausgestellt worden. Da wäre er ziemlich gut gewesen. <<

Die Sprache. >> Wesley: „Es sind nicht nur seine Umgangsformen! Der Lord beleidigt und schmäht doch jeden, auch seine Kabinettskollegen. Und er erfindet die Realität inzwischen täglich neu."

Huong: „Wir laufen Gefahr unsere Kommunikationsfähigkeit zu verlieren, wenn jeder behaupten kann was er will, ohne das es eine gemeinsame faktenbasierte Basis gibt. Dann ist das System Genesis nicht zu halten!"

Nathan: „Die Ergebnisse einer Umfrage des PHI in West- und Mittelerde sind nicht gerade ermutigend. Die Mehrheit findet eine Sprache angemessen, die sie selbst und ihre Überzeugungen in einem günstigen Licht da stehen lässt. Und fast die Hälfte ist dafür sogar bereit, auch schon mal über Halbwahrheiten oder sogar Lügen hinwegzusehen.

** PHI **

Die Sprache, die unser Wissen festhalten und weitergeben kann unterscheidet den Menschen von allen anderen Lebewesen.

Inzwischen wird unsere Sprache weniger weiterentwickelt um komplexe Fakten zu vermitteln sondern immer mehr als ein Instrument zur Wahrung der eigenen Interessen betrachtet. <<

*****

Cascata-Global. >> Lundquist: „Der Vorteil, das im Parlament, die Regierenden der mächtigsten Staaten der Welt sitzen, kann jetzt zum Bumerang werden. Da Genesis kein zusammenhängender Flächenstaat ist, könnte es anstelle eines Bürgerkrieges zu irrationalen Militäraktionen der Außenwelt zwischen den Machtblöcken kommen."

Huong: „Westerde rüstet schon mächtig auf und proviziert die anderen wo es nur geht. Obwohl die von den Genesis-Kollegen des Lords regiert werden."

Jack: „Was hat das denn mit uns in den Biotopen zu tun?"

Houng: „Glaubt doch nicht, dass ihr hier sicher seid! Der goldene Lord kennt alle unsere Biotope. Und seine Armee könnte sie auch ohne die Atomwaffen in weniger als einem Tag zerstören."

Lundquist: „Das würde Grundgedanken von Genesis doch ad absurdum führen. Da würde doch niemand mitmachen. Vor allem wenn man schon so viele Milliarden in die Biotope investiert hat."

2. Die Diskussion in der Redaktion dauert und kommt irgendwann auch bei der Frage an, wie weit die uns zugestandene Pressefreiheit eigentlich gehen kann.

Die meisten Mitglieder halten sich zurück. Jack, der in diesem Moant den Vorsitz hat fordert. „Wir sollten Deinen Bericht sicherheitshalber erst mal der Bezirksregierung vorlegen!"

Wesley schlägt dagegen eine Abstimmung zu der Frage vor, ob die Satzung auch in diesem Fall gilt. Denn demnach wäre die Redaktionskonferenz das einzige zu beteiligende Gremium. Es sollte auch formal keine andere Stelle eingeschaltet werden, damit jeder Journalisten seine Sicht auf die Dinge öffentlich machen kann.

Nach einigem Hin- und Her lenkt Jack ein: „Von mir aus. Wenn ich das PHI richtig verstanden habe, wird das doch sowieso keine Sau interessieren."

Das Ergebnis der Abstimmung ist dann auch merkwürdig genug. Eine Pro-Stimme von Wes, und sieben Enthaltungen. <<

Nachgefragt

Die Zweifel an der geistigen Verfassung meiner Mutter melden sich zurück. Ein goldener Lord? Der auch noch der mächtige Chef von Westerde sein soll? Und gleichzeitig Genesis anführt?

Der Knoten in meinem Kopf zieht sich langsam zu. Ich versuche zu entspannen, ihn zu lösen und seine Enden zu finden.

Okay. Im deutschen Fernsehen wird der echte Regierungschef des Landes, das wohl mit Westerde gemeint ist, als Mann mit narzisstischen Zügen beschrieben.

Hmh? Vielleicht hat diese Berichterstattung ja Mamas Fantasie angeregt und sie hat sich in diese Genesis-Geschichte hinein gesteigert.

Ich gehe es vorsichtig an. „Äh Mama, wie ernst muss man diese Gerüchte denn nehmen. Also die über diesen psychopathischen Lord und dass die Biotope in Gefahr sind?"

„Ehrlich Kind. Ich habe keine Ahnung." Sie sieht mich hilfesuchend an. Es tut mir leid für sie, aber ich muss es sagen. „Mama, sieh es doch ein. Genesis ist ein Hirngespinst. Und etwas, das es nicht gibt, kann nicht zerstört werden, sondern sich nur in Luft auflösen", erkläre ich.

Was habe ich da eigentlich von mir gegeben? Ich denke nach und erkläre: „Man müsste sich doch fragen, was die Genesis-Leute davon haben sollten, erst solche Unsummen zu investieren und das Ganze dann in Klump zu hauen."

September 20: Schattenseiten

Botschaften. >> Asalan kommt aus seinem Zimmer in mein Büro. So nennt er die winzige Abstellkammer, in der mein Schreibtisch steht. Ich sehe ihn erwartungsvoll an, denn in der letzten Zeit ist er mir meistens aus dem Weg gegangen.

Meine Fragen nach dem Mann aus dem Bungalow neben den Reihenhäusern und einer Amber, die mit ihm in Verbindung steht haben ihn regelrecht vertrieben. Und wenn wir uns doch mal begegneten, beschränkte er sich aufs Dienstliche. Im übrigen scheint er ein Schweigegelübde abgelegt zu haben.

Jetzt tritt er an meinen Schreibtisch. „Hast Du einen Moment?", fragt er vorsichtig, als befürchte er zurückgewiesen zu werden.

„Klar", sage ich und füge grinsend hinzu, „keine Angst ich werde nicht mehr versuchen, Dich auszuhorchen."

Er lacht verlegen. „Tut mir leid. Ich darf Dir wirklich nichts sagen. Aber ich soll Dir etwas ausrichten."

Nicht so leicht, die Ruhe zu bewahren. Immerhin stehe ich nur langsam auf, statt aufzuspringen. Na ja, er steht ja auch.

„Von wem? Um was geht es denn?", frage ich einigermaßen beiläufig.

Er setzt sich auf die Kante meines Schreibtischs. Also nehme ich wieder auf meinem Stuhl Platz. „Genau genommen sind es zwei Botschaften", beginnt er zögernd.

Dann räuspert er sich erst mal ausführlich. Der macht es ja spannend. „Die eine ist für Euch alle. Unser gemeinsamer Bekannter meint, ihr solltet am besten von hier verschwinden."

Seine Miene ist ernst. Trotzdem glaube ich an einen schlechten Scherz. „Er will uns loswerden?", stelle ich nur fest.

„Nein. Er meint es gut mit Euch. In seinem Job bekommt er ja einiges mit", brummt Asalan besorgt und macht mich nun erst recht neugierig. „Geht das auch genauer?"

Er denkt einen Moment nach. „So genau weiß er auch nicht, was los ist. Nur, dass Genesis sich in einem Umbruch befindet. Das sei nicht ungefährlich."

2. Natürlich frage ich nach. Vergeblich. Entweder weiß er nicht mehr oder will es mir nicht sagen.

Oder ärgert er mich nur und macht sich lustig? Nein, so leicht werde ich es ihm nicht machen! „Und die andere Botschaft?"

Er scheint überrascht zu sein, dass ich nicht weiter insistiere. „Äh, die andere ist persönlich. Für Dich bestimmt. Ich habe es mir aufgeschrieben." Umständlich zieht er einen Zettel aus seiner Brusttasche, faltet ihn auseinander und liest vor.

„Der Schatten ist Abwesenheit von Licht und eine Erinnerung daran, dass die Sonne scheint. Gölge." <<

Spekulationen. >> Am Abend sitzen wir wieder mal auf der Terrasse unseres Hauses zusammen. Also des Hauses von Luja, Wes und mir.

Da wir unter uns sind, kann ich ohne Tschador oder sonstige Verschleierung herumlaufen. Eine beinahe familiäre Vertrautheit ist nicht zu leugnen. Vielleicht weil keiner das indiskrete Übersetzungsmodul am Hals trägt.

Diesen komischen Gölge habe ich nicht erwähnt, obwohl sein kryptischer Text immer noch in meinem Kopf herum geistert.

Dagegen habe ich von Asalans mysteriöser Botschaft als Warnung eines Unbekannten berichtet.

Nach langem Hin und Her vermuten Wes und Karan einen Zusammenhang mit den Demonstrationen und Verhaftungen der letzten Tage. Wir haben kein gutes Gefühl dabei. Eine unmittelbare Gefahr für uns erkennen wir aber noch nicht.

2. Informationen von draußen kommen zur Zeit noch spärlicher als sonst bei uns an. Möglicherweise liegt es daran, dass viele Stellen sich vor allem auf Dinge konzentrieren, die die Biotope betreffen.

Stutzig macht mich allerdings, dass das Institut für heuristische Psychologie nach seiner letzten Verlautbarung als neuer Corono-Hotspot geschlossen wurde?

Die offiziellen Verlautbarungen lassen uns das Thema schnell vergessen. Immer häufiger ist jetzt von Terroristen und Feinden Edens zu lesen.

Und von den Prozessen, die ihnen gemacht werden. Meist wegen irgendwelcher Kapitalverbrechen oder terroristischer Umtriebe.

So, wie das geschildert wird, muss ich froh und erleichtert sein, das der Staat und sein Rechtssystem hier funktioniert. Denn die Leute, die vor Gericht stehen sind offenbar wirklich von der übelsten Sorte.

Die Rufe nach der Todesstrafe werden in großen Teilen der Bevölkerung lauter. Ohne meine jahrzehntelange Prozesserfahrung hätte sich bei mir wohl eine ähnliche Abscheu, ja ein Hass auf diese Subjekte entwickelt.

3. Na ja, wie das so ist. Mein zorniges Weltbild wird wieder mal erschüttert. Diesmal durch den Professor. „ist Euch noch nicht aufgefallen, was die diese Angeklagten beruflich machen? Das sind fast ausschließlich Journalisten und Leute der Kommunalverwaltung." Hmh? Korrupte Beamte gibt es überall. Aber auch Journalisten?

Er grinst. „Ratet mal, womit sich die Angeklagten zuletzt beschäftigt haben?" Wir zucken so synchron mit den Schultern, als hätten wir das eingeübt.

„Beinahe ausnahmslos haben sie über die Festnahme von Leuten durch Milizen berichtet. Und, dass die dann nirgendwo wieder aufgetaucht wären. Und sie mutmaßten, das die Zentralregierung das nicht nur dulde, sondern sogar befördere."

Ich bleibe skeptisch. „Warum sollte die Regierung das tun. Die können sich doch entspannt ansehen, was über sie berichtet wird. Sie legen ja auch sonst die Karten auf den Tisch, weil sie unangreifbar sind."

Das scheint die anderen zu überzeugen. Ein wenig selbstgefällig schiebe ich hinterher: „Na ja. Wo Informationen fehlen sind die Gerüchte schnell parat."

Ich bemerke selbst, dass ich damit nun doch Gölges Warnung das Wort geredet habe. Dazu hätte es Rainers amüsierten Kommentars nicht mehr bedurft. „Ablenkung ist ja die beste Verteidigung." <<

Nachgefragt

„Hast Du inzwischen herausgefunden, wer dieser gemeinsame Bekannte denn nun ist? Ich meine der von Asalan und Dir." Das interessiert mich wirklich.

Mama schüttelt den Kopf. Ich gebe noch nicht auf. „Auch keine Ahnung, wer das sein könnte?"

„Wir haben doch jetzt ganz andere Sorgen. Hast Du mir denn nicht zugehört?", verzieht sie ihre Miene vorwurfsvoll.

Ich bin unsicher geworden. Wie wahrscheinlich ist es, dass ein Hirngespinst sich mit den üblichen Problemen oder menschlichen Schwächen der Mächtigen auseinander setzen muss? Für einen ausgedachten Garten Eden müsste doch eigentlich alles perfekt sein.

„Okay, allmählich fange ich an Dir zu glauben. Ich nehme an, darum ging es Dir doch", räume ich vorsichtig ein. Meine Mutter nickt. „Ja, das auch." Ich sehe sie gespannt an. „Was denn noch?"

„Dazu solltest Du die ganze Geschichte kennen", orakelt sie. „Ich habe doch schon verstanden, worauf Du hinaus willst", stelle ich fest, „da haben sich ein paar reiche Snobs ein bombensicheres Klima-Paradies gebaut und drohen jetzt an ihrer egoistischen Feigheit oder Machtgier zu scheitern. Das kommt mir bekannt vor."

„Na ja. Wenn Du meinst." Ihr Zeigefinger tippt ungeduldig auf den Tisch. „Eigentlich geht es ja jetzt erst los."

Oktober 20: Besatzungszonen

Mittelerde. >> Wieder ist eine Diskussion darüber entbrannt, ob es tatsächlich nur um die Demonstranten oder Terroristen geht oder ob etwas anderes, gravierenderes dahinter steckt.

Keine Ahnung, ob unsere Spekulationen sie nerven, jedenfalls tut Amber sich raus. „Ich muss noch mal aufs Amt." Dann ist sie auch schon verschwunden.

Während ich noch darüber nachdenke, ob es mit Asalan und unserem gemeinsamen Bekannten aus dem Bungalow zu tun hat, klingelt es an der Tür.

Ich staune nicht schlecht als Wes kurz darauf mit unserem Integrationslehrer auf der Terrasse steht.

„Darf ich?", fragt Lehrman bescheiden. Nathan nickt nur und zeigt auf einen freien Stuhl.

2. Kaum hat Lehrman sich hingesetzt da platzt es schon aus ihm heraus. „Mittelerde, so wie wir es kennen, gibt es nicht mehr. Es hat Krieg gegeben."

Luja: „Unsere Heimat ist zerstört worden?" Lehrman: „Nur der östliche Teil und einige ländliche Gebiete. Der Westen ist mehr oder weniger verschont geblieben." Luja: „Was heißt das jetzt?"

Lehrman: „Große Teile von Mittelerde gehören jetzt zum Nordkalifat."

Die nachfolgende Erläuterung der Hintergründe ist knapp, erfüllt aber unsere schlimmsten Befürchtungen. Die Übernahme war ohne große Zerstörungen abgelaufen, denn sie begann von innen. Die in Mittelerde lebenden Anhänger des Kalifats waren plötzlich schwer bewaffnet und besetzten mehrere große Städte.

Es kam zu Straßenkämpfen mit der Polizei, die mehr als hundert Tote zu beklagen hatte. Die Aufständischen waren nicht nur besser bewaffnet sondern auch deutlich in der Überzahl. Sie errichteten Barrieren und bauten die besetzten Städte festungsmäßig aus.

Als die Regierungen ihr Militär gegen die Besatzer in Stellung brachten meldete sich das Nordkalifat und drohte Mittelerde mit Vergeltungsschlägen seiner Luftwaffe.

Um eine eine weitere Eskalation zu vermeiden, beließen es die Regierungen im Westen von Mittelerde es zunächst beim Status quo und versuchen auf dem Verhandlungsweg nach einer friedlichen Lösung.

Viele Städte und Regionen wären daher bis auf weiteres Selbstverwaltungszonen mit eigenen Regeln, Gerichten und Ordnungskräften.

Lehrman wirft uns Frauen einen amüsierten Blick zu. „Also. Wenn ihr Euch dafür entscheidet in eure Heimat zurückzukehren, solltet ihr auf jeden Fall ein Kopftuch mitnehmen." <<

PH-Institut. Karan: „Und was bedeutet das jetzt für uns?" Lehrman: „Erst mal nichts. Allerdings haben sich die Rahmenbedingungen geändert. Die Verhältnisse in der alten Welt waren ja Voraussetzung für die Entstehung von Genesis."

Nun legte er das Katastrophenszenario des Psyvologic Heuristic Institutes ausführlich dar. Alles habe ich mir nicht gemerkt oder nicht verstanden.

Kurz gefasst lief es nach Berechnungen des PHI vor allem auf drei Punkte hinaus.

Erstens. Corona ist erst der Anfang. Die Natur und die Pharmaindustrie werden uns in Zange nehmen. Wenn wir die letzten Flecken unberührter Natur zu betonieren, werden wir noch auf viele Viren stoßen, die unser Körper nicht abwehren kann.

Und die Pharmaindustrie? Klar ist, dass sie an den Impfstoffen Milliarden verdienen wird. Überall werden neue Produktionsanlagen gebaut, um noch mehr Impfstoff herzustellen.

Lehrman lehnt sich zurück: „Aber Investiert man so viel in etwas, dass in ein, zwei oder drei Jahren nicht mehr gebraucht wird?" Er macht uns klar, dass die so etwas nur machen würden, wenn sie genau wüssten, dass dieser oder ein anderer Impfstoffe auch mittel- oder sogar langfristig benötigt würde. Weil die Immunisierung nur eine gewisse Zeit wirke oder das Virus mutiere oder mit völlig neuen Viren zu rechnen sei.

„Corona oder ein anders Virus wird noch mehrere Jahre lang ein Thema sein, das Menschenleben kostet und wirtschaftliche Existenzen vernichtet.

Zweitens. Um die wirtschaftlichen und sozialen Folgen abzufedern verschulden sich die Staaten in einem nie dagewesen Maße.

Abgesehen von einigen totalitär regierten Ländern werden viele Länder wegen fehlender Finanzmittel ihre ordnungspolitischen Aufgaben nicht mehr wahrnehmen können. Das bedeutet Chaos.

Drittens. Die reichsten Leute der Welt, die schon immer mehr hatten als die öffentliche Hand, werden die Einzigen sein, die noch liquide sind und größere Investitionen finanzieren können. Da die Staaten pleite sind, werden sie darüber entscheiden, durch wen sie ein Land wie regieren lassen.

2. Das was mir durch den Kopf geht ist alles andere als schön und keinesfalls so, dass ich es in Worte fassen möchte.

Da ist unser ehemaliger Integrationslehrer schon weiter. „Die Superreichen, die im Parlament von Genesis sitzen, sind nicht mehr auf das Projekt angewiesen. Inzwischen können sie ja die ganze Welt nach ihren Vorstellungen gestalten. Warum sollten sie sich noch mit popeligen Biotopen abgeben?" <<

Nachgefragt

„Europa im Krieg? Besatzungszonen? Vor ein paar Tagen habe ich davon noch nichts gehört. Das sind doch Fake News. Oder?"

Mama zuckt mit den Schultern. „Kann schon sein. Andererseits brauchen Krieg und Zerstörung heute keine lange Anreise mehr. Ein Knopfdruck reicht."

„Aber die Besatzungszonen. Das geht doch nicht so schnell." Sie nickt. „Da hast Du sicher recht. Vielleicht ist das ja nur eine Frage der Darstellung. Es hat ja schon seit Jahrzehnten ganze Stadtteile mit hohen Migrantenanteilen gegeben, die ihre kulturellen Besonderheiten lebten. Manche haben sogar von No-go-Areas gesprochen."

Ich bleibe skeptisch. „Du meinst, das die wahren Verhältnisse schön geredet und unter den Teppich gekehrt wurden? Das kann ich mir nicht vorstellen."

„Das verstehe ich", sagt Mama, „anderseits können wir uns immer wieder über etwas aufregen, das wir schon lange wissen. Es muss nur ins persönliche gebracht und skandalisiert werden."

Ich verstehe kein Wort. „Wovon redest Du?"

Sie lächelt. „Nimm doch nur das PHI-Szenario? Eigentlich nichts neues. Auch und vor allem an Katastrophen und menschlichen Tragödien haben sich die Mächtigen doch immer schon bereichert."

November 20: Kurzer Prozess

Wesley. >> In den letzten Tagen haben wir uns noch öfter getroffen als sonst. Meist sogar in der gleichen Konstellation und zum selben Thema.

So auch heute. Doch kaum haben wir uns hingesetzt, klingelt es an der Tür. Lehrman und Nathan sehen sich erschrocken an, springen auf und gehen eilig aus dem Haus.

Mein ungläubiges Staunen nimmt noch zu als sehe ich, dass die beiden offenbar Verstecken spielen. Jedenfalls nutzen sie jeden Strauch als Deckung, rennen geduckt durch die Nachbargärten weiter bis sie aus meinem Blickfeld verschwunden sind.

Wes Willy geht kopfschüttelnd zur Tür. Kaum hat er sie ein Stück geöffnet, prallt er zurück und dunkle Gestalten drängen bedrohlich in den Flur.

Erst auf den zweiten Blick erkenne ich, das es sich um schwarz gepanzerte Polizisten mit Helm und schweren Waffen handelt.

„Wesley Olten?", scheppert es energisch hinter einem Visier hervor. Ich zucke zusammen, als sei bereits ein Schuss gefallen. Wes kann noch ein schwaches Nicken andeuten, kommt aber nicht mehr dazu, etwas zu antworten. Denn einer der Polizisten tritt energisch auf ihn zu. „Ich verhafte sie wegen Landesverrat und Mitgliedschaft in einer terroristischen Vereinigung!" Die Worte werden ruhig und souverän vorgetragen.

Es klingt perfekt, als wäre eine Bandansage abgespielt worden. Dann liegt Wes neben dem Rollstuhl auf dem Boden. Die Hände in Handschellen auf dem Rücken.

Die finsteren Ordnungshüter verteilen sich im Haus. Das, was ich als nächstes von einem Helm zu hören bekomme, wirkt eher unsicher und improvisiert. „Die übrigen stehen im Verdacht, an den Straftaten beteiligt zu sein und sind vorläufig festgenommen."

Die übrigen? Das sind Luja, Karan und meine Wenigkeit. Amber war vor ein paar Minuten los gegangen, um etwas aus ihrem Haus zu holen.

2. Auch Luja und ich werden festgenommen. Aber statt uns ebenfalls Handschellen anzulegen, werden wir nur angeranzt. „Zieht euch gefälligst vernünftig an. Sofort." Ein recht massiger Beamter wirft uns die Tschadors samt Schleier an den Kopf und wir beides hastig über.

Kaum sind wir damit fertig werden wir in einen Kleintransporter gezerrt. Na ja. Genau genommen nur Wes und Karan.

Luja und ich? Da gehen die Krieger nur einen Schritt zur Seite, um uns ein steigen zu lassen. So als hätten wir eine ansteckende Krankheit. <<

Prozess. >> Eine Stunde später landen wir in Honore. Eine Nachbargemeinde? Keine Ahnung, ob sie noch in den Pyrenäen, schon in den Alpen liegt. Hohe Berge gibt es jedenfalls und eine Kreisverwaltung inklusive Landgericht.

So steht es zumindest auf den Hinweisschildern. Na ja, genau genommen ´Tribunal de Distrito´.

2. Wir werden in das größte Gebäude, eher eine Halle geführt. Ich bin überrascht. Statt würdevoller Leere herrscht hier ein Gedränge, wie auf einem Basar; mindestens dreißig Uniformierte und ebenso viele Männer in Handschellen sowie eine wabernde Menschenmenge.

Jetzt erkenne ich, das sich unter ihnen einige schwer bewaffnete Tschador-Trägerinnen befinden. Sie tragen ihr Gewehr an einer Schärpe, die von den Schultern bis zu einem Gürtel geht.

Die Uniformierten setzen Wes wieder in den Rollstuhl und schieben ihn durch die Halle. Jetzt sehe ich auch wohin. Zu einer Art Bühne. Gut einen Meter hoch und fünfzehn Meter breit. Darauf stehen Tische, die vorne mit Holz verkleidet und so imposant sind, dass ich die dahinter sitzenden Männer beinahe übersehen hätte. Zu überhören sind sie nicht. Zumindest nicht der Vorsitzende, der an seiner schwarzen Robe zu erkennen ist. Ein hagerer Mann mit dunklem schütteren Haar um die fünfzig schaut auf das Durcheinander vor der Bühne.

„Ruhe, bitte! Einzeln vortreten. Korporal. In der Reihenfolge des Erscheinens!", donnert er, um grinsend hinterher zu schieben. „Wer zu erst kommt mahlt zu erst."

Wes wendet sich zu mir. Ich stehe ja näher bei ihm als Luja. „Sprich doch mal mit einer der Damen", flüstert er.

Ich muss mich konzentrieren, um ihn überhaupt zu verstehen. In der letzten Zeit werde ich ja kaum noch angesprochen. „Vielleicht erfährst Du ja da was hier los. Ich....Aua!"

Der Schlag eines Polizeiknüppels hat seine Bitte abrupt beendet. „Pssscht!", zischt ein Uniformierter, der immer noch Helm und Kampfmontur trägt und schubst ihn von mir weg. <<

Tod oder Refuge. >> Natürlich weihe ich Luja ein. Gemeinsam bewegen wir uns langsam auf ein halbes Dutzend Tschador-Trägerinnen zu, die ohne Männer oder Uniformierte in der Nähe des Ausgangs stehen. So, als würden sie auf etwas warten.

Luja: „Seid ihr schon länger hier?" Na ja, besonders passend war das wohl nicht.

Wir können die Gesichter der Frauen nicht sehen, aber ihr Misstrauen ist nicht zu überhören. „Tu doch nicht so scheinheilig!", zischt es uns durch einen Schleier entgegen.

„Eure Verhandlung ist wohl nicht gut gelaufen?", gebe ich mich Anteil nehmend.

„Gelaufen? Wir warten auf den Bus!", höhnt es bitter aus einem Tschador, „alles bestens. Wie immer. Das kenne ich doch vom letzten Mal!"

Damit kann nichts anfangen. Luja zeigt, dass es ihr nicht anders geht. „Du bist also freigesprochen worden?"

Nun spricht ein Tschador mit jüngerer und beinahe weinerlicher Stimme. „Ja klar, bestens. Es gibt nur ein Urteil. Erst mein Vater, jetzt mein Gatte. Beide zum Tode verurteilt, wie alle Männer. Und meine Mutter und ich zum Refuge, wie alle Frauen, die der Hinrichtung nicht beiwohnen."

Ihre Wortwahl irritiert mich. „Beiwohnen?" „Mit den Männern am Galgen hängen, so dass der Tod nicht scheidet!", mischt sich die harte Stimme einer älteren Frau ein.

Ein lautes Schluchzen lenkt unsere Blicke zur Bühne hin. Es kommt aus einem Tschador in der Nähe der Richtertische. „...zum Tode. Das Urteil wird sofort vollstreckt. Führen Sie den Angeklagten hinaus!", donnert die Stimme des Vorsitzenden.

Ein wenig leiser, beinahe wohlwollend fügt er hinzu: „Und sein Haus wird ins Refuge verbracht." <<

Beweis. >> Zum ersten Mal vermisse ich mein Extra. Das liegt noch zu Hause in meinem Schrank. Trotzdem ist es einfach, wieder in die Nähe von Karan und Wesley zu gelangen. In unserer Tarnkleidung fallen wir ja kaum auf.

Vermutlich profitieren wir auch von der Überheblichkeit oder der Frauenfeindlichkeit der Uniformierten. Sie sind wohl zu stolz, um uns wahrzunehmen. Mir soll es recht sein.

Es gelingt Luja und mir Wes und Karan einigermaßen vollständig zu informieren, bevor sie von uns getrennt und vor die Richterbank geschoben werden.

2. Der Ankläger ergreift das Wort mit einer dramatischen Geste, holt aus als wolle er ein Flugzeug einweisen. „Angeklagter. Sie haben mit ihrem Presseartikel für die Terror-Organisation 'Cascata Campesino' geworben und zum bewaffneten Widerstand aufgerufen!" Er hält den Ausdruck eines Artikels hoch. Den kenne ich nach mehrfachem Korrekturlesen beinahe auswendig.

Gesis-News

Ist das Eden-Projekt in Gefahr?

\# Wie gut unterrichtete Kreise berichten, erscheint es derzeit durchaus denkbar, dass mächtige Mitglieder der Genesis-Führungsriege nicht mehr uneingeschränkt hinter dem Eden-Projekt stehen. Cascata-telegram fragt sich, ob es tatsächlich Abgeordnete und Kabinettsmitglieder gibt, die ihre Zukunft auch im Falle einer weltweiten Katastrophe in den bereits vorhandenen Wirtschafts- und Regierungssystemen sehen, Sind die Bürger Cascatas und der anderen Biotope nun auf sich allein gestellt? Cascata-telegram wird weiter berichten. \#

Urteil. Der Ankläger schaut Karan eindringlich an. „Sie wissen von den Machenschaften des Wesley Olten? Oder unterstützen Sie ihn sogar dabei?"

Der so Angesprochene schüttelt verärgert den Kopf. „Ich bin kein Journalist. Aber ich bin für die Freiheit der Medien und stehe hinter denen, die sie nutzen um die Bürger zu informieren. Nichts anderes hat Cascata-News gemacht." „Sehen Sie das auch so?", geht die Frage an Wesley. Der versucht nun wortreich klar zu stellen, dass er lediglich einen Artikel geschrieben hat, um seiner Besorgnis als Bürger Ausdruck zu verleihen.

Der Richter raschelt in seinen Unterlagen herum und wartet ungeduldig darauf, das der Angeklagte zum Ende kommt. Dann hebt er den Kopf. „Sie gestehen also, das sie den Artikel geschrieben haben."

Er macht sich eine kurze Notiz, nimmt die vor ihm liegenden Mappe in beide Hände und steht auf. „Wesley Olten, Karan Hoffmann. Sie sind der Mitgliedschaft in einer terroristischen Vereinigung und der Volksverhetzung für schuldig befunden worden. Da Sie beide geständig waren, wird ihren Häusern gestattet ihrer Hinrichtung beizuwohnen."

November 20: Fliegende Henker

Exekution. Für die Nacht werden Wesley, Karan, Lisa und ich in eine Gemeinschaftszelle verbracht. „Beiwohnen, beiwohnen", zwinkert uns einer der Wächter weniger freundlich als anzüglich zu.

Die Ironie seiner Worte verstehen wir erst als wir uns in der Zelle wiederfinden. Eng, kalt und kahl. Nicht mal ein Stuhl ist da, ganz zu schweigen von einer Liege.

Und so kauern wir uns in einer Ecke zusammen und warten frierend darauf, das die Nacht vergeht. Nicht, dass wir uns auf den Morgen freuen. Da sollte schließlich die Hinrichtung der beiden Männer stattfinden.

Nur ab und zu nickt einer von uns für ein paar Minuten ein. Meistens aber sind wir wach und reden. Erst über Gott und die Welt und dann jeder über sich selbst.

Die beiden Männer lassen sozusagen ihr ganzes Leben an sich vorüberziehen. Schon erstaunlich, was ich dabei über sie erfahre. Immerhin verstehe ich nun, wie es zu diesem ganz besonderen Vertrauensverhältnis zwischen den Männern kommen konnte.

Selbstverständlich werde ich keine Details über persönliche Dinge weitergeben. Jemand der den Tod vor Augen hat, wird ja auch sich selbst gegenüber manchmal ein wenig zu indiskret.

2. Im Morgengrauen werden wir abgeholt. Morgengrauen, grauer Morgen, ein Morgen vor dem einem graut. Oder wie Wes sarkastisch meint, dass „dem Morgen grauen" würde. Niemand lacht. Nicht nur weil ich das schon mal von einem ostfriesischen Komiker gehört habe.

3. Dann stehen wir im Hinterhof des Gerichtsgebäudes. Gemeinsam mit einem knappen Dutzend schwarz Uniformierter deren harte Gesichter vermuten lassen, dass sie diesen Job nicht zum ersten Mal machen.

Irgendwie tun sie mir leid. Wahrscheinlich haben sie sich ja mal selbst für den Job eines Henkers entschieden. Doch tatsächlich immer wieder Menschen zu töten macht wohl jedem zu schaffen. Nicht nur weil sie vermutlich bei ihren Mitmenschen nicht sonderlich beliebt sein dürften.

Vielleicht hassen sie sich auch selbst und kommen damit nur klar, wenn sie ihre ganze Verachtung auf ihre Opfer projizieren. Sie dafür bestrafen, dass sie selbst so schreckliche Dinge tun müssen.

Keine Ahnung, warum ich an so etwas denke. Liegt es an diesem Ort, der mit seinen deprimierend hohen Mauer an die Hinrichtungsstätte in einem düsteren Kriegsfilm erinnert?

Ideal um an die Wand gestellt werden? Nein. Keine Wand. Ein Gerüst mitten im Hof mit einer schmalen Bühne.

Ein Galgen. Genau genommen vier. Also einer für Wes, für Karan, für Lisa und einer für mich. Okay. Wenn es um Sterben geht sind wir Frauen also gleichberechtigt.

4. Doch nicht ganz. Einer der Henker hält zwei Stoffsäckchen in der Hand. Hmh? Die sollen den Delinquenten wohl über den Kopf gezogen werden, wenn es los geht. Also Wes und Karan.

Für Luja und mich wollen sie sich die Mühe offenbar ersparen. Mit unserem Tschador plus Schleier und Sonnenbrille, können sie unsere Gesichter sowieso nicht sehen. Vielleicht glauben sie ja, dass wir dann auch nichts sehen. Wahrscheinlich ist ihnen das sowieso egal.

Ich bin gespannt, wie sie uns auf das Gerüst bringen wollen. Werden sie uns berühren, am Arm fassen und hoch zerren? Den Blicken nach zu urteilen, wäre ihnen das sehr unangenehm oder sogar peinlich.

Ach nein. Da stehen ja noch die drei Schärpen-Taschdors herum. Die werden ihnen das sicher gern abnehmen.

Karan wird bereits nach oben verfrachtet. Kaum dort angekommen legt ihm ein untersetzter, als Henker maskierter Typ den Strick um den Hals.

Er macht das sehr konzentriert, fast so liebevoll, wie ein Mode-Designer an dem Schultertuch seiner neuen Kollektion herum zupft.

Zwei Uniformierte betrachten nachdenklich das verknotete Ende des Seils. Hmh? Warum machte man sich eigentlich so viel Mühe einen derart aufwändigen Knoten zu basteln, bloß um jemanden aufzuhängen. Der Henker neben Karan scheint sich das auch zu fragen.

Zwei finstere Gestalten flankieren Luja und mich. Weder berühren noch beachten sie uns, lassen uns aber irgendwie auch nicht aus den Augen.

Sie gehen jetzt zur Seite und machen Platz für zwei schärpenbewehrte Tschadors, die keinerlei Berührungsängste zeigen. Die eine umfasst mein Handgelenke mit festem Griff. Schraubstock!

Wesley Willy wird von einem halben Dutzend Uniformierter verdeckt. Zwei von ihnen bücken sich, um ihn aus seinem Rollstuhl zu ziehen.

Die übrigen lauern dicht und angespannt daneben, als rechneten sie damit, dass ihr Delinquent plötzlich aufstehen und davon sprinten könnte. <<

Superman. >> Kann Todesangst eigentlich Wahnvorstellungen auslösen? Jedenfalls traue ich meinen Augen nicht. Na ja, so genau ist ohnehin nicht zu erkennen, was da eigentlich passiert.

Zuerst segeln die zwei größten Schwalben über die Mauer, die es je gesehen habe. Irgendwie erinnern sie mich an die schwarz uniformierten des Hinrichtungskommandos.

Dann sieht es so aus, als würden einige der Beamten Wes so heftig aus seinem Rollstuhl hoch reißen, dass sie selbst dabei zurück geschleudert werden.

Sie fallen gegen die beiden Tschadors und die Kerle, die Luja und mich bewachen; stoßen dabei so unglücklich zusammen, dass sie zu Boden gerissen werden und dort liegen bleiben. Nicht alle Neune, aber immerhin, denke ich unwillkürlich an unsere Kegelabende.

Die anderen hocken sich dicht nebeneinander, ziehen ihre Schusswaffen heraus und legen auf Wesley an.

Hmh? Es war mir vorher gar nicht aufgefallen, dass sie bewaffnet sind. Dabei sind die Dinger viel größer als normale Pistolen oder Revolver.

Wes steht noch aufrecht, hat aber Mühe das Gleichgewicht zu halten und greift nach seinem Rollstuhl, um sich festzuhalten. Er stolpert, reißt heftig an den Lehnen, wankt hin und her, verliert den Halt und der Stuhl fliegt mit durchdrehenden Rädern in die Luft.

Er landet verkehrt herum auf den Uniformierten, die bereits mit ihren Waffen auf ihn zielen. Als sie zu Boden fallen lösen sich noch zwei Schüsse, die an die Lichtspur einer Leuchtrakete erinnern. Ich höre ein metallisches Klacken und sehe, dass Wes zusammen zuckt. Aber er steht noch, wenn auch auf zittrigen Beinen und mit den Armen rudernd.

Nein. Er fällt nicht um, sondern stakst schwankend auf den Galgen zu. Der Wächter, der darunter steht zieht eine Waffe. Sein Blick pendelt unsicher zwischen Wes und Karan, der mit seinen Händen besorgt nach dem Seil und dem Knoten um seinen Hals greift.

2. Der Henker hat sich entschieden. Sein Schuss knallt laut und hinterlässt eine leuchtende Flugbahn. Dann schlägt es bei Wes ein. Das Geschoss schmerzt wie ein spitzer Stein in meinem Magen. Wes krümmt sich zusammen, gerät ins Stolpern, versucht aber seinen Weg fortzusetzen.

Der Uniformierte oben auf dem Galgen kauert sich zusammen und legt noch einmal auf ihn an. Doch statt einer Kugel ist er nun selbst unterwegs, denn Karan hat ihm einen kräftigen Tritt verpasst, so dass er das Gleichgewicht verliert und vom Gerüst herunter fällt.

Genau vor die Füße von Wes. Der bückt sich mühsam herunter. Langsam. Dagegen bewegt sich sein rechter Arm so schnell, dass ich die Ohrfeigen, die er austeilt, kaum noch sehen kann.

Der Henker zuckt als würden ihm Stromschläge versetzt, dann sackt er in sich zusammen und rührt sich nicht mehr.

Aus den Augenwinkeln sehe ich Luja zum Galgen rennen. Sie springt die vier Stufen hoch zu Karan und greift nach dem Strick um seinen Hals.

Ihre Hände fummeln daran herum, als würde sie eilig und sehr konzentriert seine Krawatte zurecht rücken.

3. „Alle zu mir!", scheppert Wesley und bewegt sich hölzern auf die Außenmauer zu. Ich bin irritiert. Auch Karan schaut sich zögernd um. Lujas Tschador bewegt sich nicht, so als wäre er verlassen worden und stünde nur noch als leere Hülle da.

Einen Moment später marschiert Karan los, zur Mauer. Neben ihm gleitet Lujas Tschador lautlos dahin. Ich stolpere den beiden hinterher.

4. Wes hält sich nicht mit langen Erklärungen auf. „Der Professor wartet auf uns. Wir sollten uns beeilen!" Und dann fasst er mich um die Hüfte. Ein Schraubstock, der mich zerquetschen will? Mein „Aua!" und sein „Entschuldigung!" sind gleichzeitig zu hören. Da habe ich schon den Boden unter den Füßen verloren und sehe auf Wes herab. Der hält mich mit ausgestreckten Armen hoch, als wäre er ein Gabelstabler.

„Bei der Landung gut abrollen!", kommandiert er während er mich zur Seite schlenkert als wolle er Schwung holen. Dann reißt es mich steil in die Höhe.

5. Ich fliege. Ich fliege. Hoch durch die Luft und schräg nach oben. Frei wie ein Vogel?

Eher nicht. Der würde ja nicht den Atem anhalten. Zeit habe ich auch nicht, den Ausblick zu genießen, denn eine Wand aus Stein rast auf mich zu.

Ich gewinne weiter an Höhe bis über die Mauer, da ragt schon ein mächtiger Laubbaum vor mir auf. Zu hoch, als das ich ihn überwinden könnte.

Zum Glück werde ich langsamer, verliere an Höhe und falle wie ein morscher Ast nach unten.

Die Ellenbogen ausgefahren, um mich zu schützen, treffe ich mit rechtem Oberarm und Schulter auf etwas hartes, das mich abwehrend zwei- oder dreimal von sich stößt.

Um mich herum schwanken der Baum, die Mauer, ein Auto und zwei zappelnde Gestalten.

6. Ich liege auf dem Rücken, wie in einer zu stramm gespannten Hängematte. Schwer atmend sehe ich mich um, erkenne eine Art Auffangnetz, das mich zwei Meter über dem Boden hält.

Schnell, beinahe hastig werde ich herunter gezerrt. Vom Professor und Amber. Ausgerechnet!

„Alles in Ordnung?", fragt sie mich. Ich nicke nur und sehe den Luxusschlitten von Nathan Rainer am Straßenrand. „Komm erst mal zu Dir", höre ich seine Stimme, während im Hintergrund etwas laut schreiend ins Netz einschlägt. Luja? Ich will mich umdrehen, muss aber erst mal die Augen schließen.

Im Hintergrund höre ich noch zweimal etwas ins Netz ploppen und ein anschließendes lautes Gerödel.

Endlich schaffe ich es, mich umzusehen. Tatsächlich. Luja und Karan stehen neben Nathan und Amber.

Auch Wes ist da. Keine Ahnung, wie er das gemacht hat. Falls er gesprungen ist, hält er jetzt wohl den Weltrekord. <<

Extras. >> Wir sitzen in der Stretch-Limousine, die gerade abhebt. Nathan wirft mir einen Blick aus den Augenwinkeln zu. „Sag mal warum hast Du denn Dein Extra nicht eingeschaltet? Asalan hat es Dir doch wohl für solche Situationen gegeben?"

Blöde Frage. „Dazu hätte ich erst mal daran denken müssen. Du hättest mich ja warnen können!", blaffe ich zurück, lenke wieder ein. „Wie ist es eigentlich möglich, dass Wes plötzlich als Superman unterwegs ist?"

„Netter Vergleich. Du kannst mich ja auch selber fragen." Wes verzieht das Gesicht.

Ich entschuldige mich und er informiert uns widerwillig und knapp, manchmal ergänzt durch den Professor der genaueres weiß.

Einige Organe von Wes sind durch künstliche Pendants der Bio-Technik und einige Knochen und Sehnen durch Stangen und Seile aus Stahl ersetzt worden.

Um das auf ein Minimum zu begrenzen hat Wes sich dafür entschieden, die meisten Robotik-Elemente nicht in seinen Körper sondern drumherum zu implementieren.

Und so stecken sein Nacken, Brust und Schultern, Arme und Beine in einem stählernen Korsett. Gut zu sehen, als er die Handschuhe aus- und seine Hemdsärmel hoch zieht.

Er verdreht seinen Arm und zeigt mit dem Finger auf seinen Rücken. „Der ganze Mechanismus wird durch eine Kraftzelle verstärkt, die zwischen meinen Schulterblättern sitzt."

„Eine ziemlich schmerzhafte Angelegenheit", erklärt Nathan, „das hat damit zu tun, dass die Nervenenden mit der Mechanik verbunden wurden. Ohne starke Schmerzmittel könnte Wes das gar nicht aushalten."

„Na ja. Toll finde ich das nicht. Aber wie ihr gesehen habt, kann das ja auch von Vorteil sein", brummt Wesley und wendet sich Luja zu, die schon seit einigen Minuten an seinem Hals hängt. <<

Nachgefragt

„Wesley Willy als RoboCob? Mama, ist das Dein Ernst?" Mein prüfender Blick scheint sie zu kränken. Das kann ich verstehen. Für mich war dieser alte Film mit Paul Weller nur ein billiger Actionreißer gewesen. Sie hat sich ihn öfter angesehen und mit Robocop gelitten.

Denn dieser Polizist hatte zwar übermenschliche Kräfte, war aber trotzdem verletzlich gewesen. Für sie war er eine tragische, ja mitleiderregende Superman-Figur gewesen, die sich für das Gemeinwohl aufgeopfert hat. Und zum Dank sah er sich Hohn und Spott, feindseligen Attacken und Intrigen ausgesetzt.

Manchmal denke ich, das Mama sich in ihm wiedererkannt hat. Als Staatsanwältin macht man sich ja wenig Freunde.

Aber was sie da beschrieben hat, konnte man kaum als faire Gerichtsverhandlung ansehen. Nach dem was da abgelaufen sein sollte, kam wohl das spanische ´Tribunal´ der Sache deutlich näher.

Hmh? Falls sie sich eine Actionstory ausdenken würde um mich zu beeindrucken, dann sicher nicht so eine. Es spricht also einiges dafür, dass an ihrer Geschichte was dran sein könnte.

Keine Ahnung, was ich davon halten soll. Das sieht Mama mir wohl an. „Wie geht es ihm denn jetzt?", versuche ich sie, vielleicht auch mich auf andere Gedanken zu bringen.

Dezember 20: Intermezzo

Fluchtpunkt. >> Wir sind jetzt eine gute Woche unterwegs. Nur kurze Etappen. Halten uns in unbewohnten Bergtälern versteckt. Noch reichen unsere Vorräte aus.

Die haben wir heute in einer Finca gelagert, in der wir auch schlafen wollen. Laut Nathan befinden wir uns nur gut fünfzig Kilometer von Cascata entfernt.

Obwohl das große Landhaus ziemlich heruntergekommen ist, sind die Spuren der ehemals luxuriösen, ja feudalen Ausstattung nicht zu übersehen.

Vermutlich ist das mal ein Gästehaus oder sogar Hotel gewesen. Pleite gegangen, weil es so abgelegen war?

Wenn wir hier Strom und statt des Brunnens fließendes Wasser hätten, könnte es für uns immer noch ein herrliches Urlaubsressort sein.

Zum Glück ist es im Sommer auch hier oben noch recht warm, so dass wir draußen auf den Felsen sitzen und die schöne Aussicht genießen.

Allerdings ist dieses Gebirgstal als Ort wohl kaum geeignet um hier dauerhaft zu leben. Der Boden ist steinig und karg. Anders als in der Nähe von Cascata wäre Landwirtschaft hier wohl vergebliche Liebesmühe.

2. Wir räumen den Schutt und Dreck beiseite bis jeder von uns nicht nur sein eigenes Zimmer, sondern wir auch einige Gemeinschaftsräume nutzen können.

Der Professor ist mit seinem Stretch-Limousinen-Aqua-Jet unterwegs, um sich in Cascata und anderen Biotopen um zu sehen.

Das Gefühl nichts machen und nur auf Rainer Nathan warten zu können, begleitet uns alle mit missmutiger Langeweile. Vor allem die Männer.

Uns Frauen geht es ein wenig besser. Warum? Na ja. Wir tragen wieder unsere normalen Klamotten. Nathan ist so weise gewesen in seiner fliegenden Kiste zwei Kofferschränke voller Hosen, Blusen, Röcke und Jacken mit zu bringen. Eine kleine Boutique.

Ich weiß nicht, ob er nur einen ziemlich knalligen Geschmack hat oder ob er mit den hellen leuchtend roten, gelben, grünen Farben eine Art Wiedergutmachung für unsere grau-beigen Nomadenzelte, die wir in Cascata tragen mussten, leisten wollte.

Ich frage mich, wie es nun weiter gehen soll. „Zurück nach Hannover?", überlege ich laut.

Wesley: „Viel zu gefährlich. Wir wissen zu viel über Genesis und kennen sogar die Lage eines Biotops. Die können uns nicht nach Hause lassen."

3. Willy Wes nutzt die Zeit, um gemeinsam mit Luja seinen neuen Körper zu erkunden. Er übt jeden Tag, denn es fällt ihm schwer seine Kräfte richtig abzuschätzen und einzusetzen. Seine eckigen Bewegungen wirken unbeholfen, ja grotesk.

Luja in den Arm zu nehmen traut er sich nicht mehr. Sein letzter Versuch bescherte ihr eine gebrochene Rippe und Quetschungen. Die beiden tun mir leid.

Kaum zu glauben, man hat ihm in der Klinik sogar ein Heft mit seinen technischen Daten und eine umfangreiche Gebrauchsanweisung mitgegeben.

Darin blättern die beiden nun in jeder freien Minute, von denen wir jetzt ja so einige haben. Ab und zu berichtet Luja uns davon. Meistens, wenn sie etwas gefunden hat, dass sie besonders interessant oder schrecklich findet.

So wie jetzt: „Er kann durch seine Stützkonstruktion und die Energiezelle mehr als eine Tonne heben. Oder einen Zentner Kartoffeln hundert Meter weit wegschleudern."

Ich denke noch darüber nach, wie sie ausgerechnet auf den Sack Kartoffeln kommt, da redet sie schon weiter. „Seine Energiezelle hat aber nur eine begrenzte Kapazität. Eigentlich soll die für zwanzig Jahre ausreichen, aber wenn er sich so anstrengt, wie bei unserer Flucht vor der Hinrichtung sieht das anders aus. Das hat ihn mindestens ein Lebensjahr gekostet."

Wesley: „Ausgleichende Gerechtigkeit." Schwer zu sagen, ob er das sarkastisch oder ehrlich meint.

Er versucht einen kleinen Stein zu werfen. Es dauert eine Weile, bis ich erkenne worum es geht. Hundert Meter oder weiter ist kein Problem, aber weniger als einen Meter weit zu werfen, scheint ein Ding der Unmöglichkeit für ihn zu sein. <<

Kulturprobleme. >> Heute ist Nathan Rainer Müllenweber zurück gekommen. Nicht alleine. Er hat Lehrman, Asalan und Abu mitgebracht.

„Schön Dich wiederzusehen." Cascatas Ortsvorsteher strahlt übers ganze Gesicht. So sehr mich das auch freuen mag, sehe ich keinen Grund das hier vor allen anderen auszubreiten.

Also nicke ich ihm nur zu, hänge mir mein Übersetzungsmodul wieder um den Hals und deute auf Lehrmann. „Was soll der denn hier? Uns Nachhilfe in Integration geben?"

Nathan: „Sein ehemaliger Kollege ist einem Terroranschlag zum Opfer gefallen. Genau wie Miller. Seit ihr weg seid, ist eine Menge passiert."

„Schlimm, aber warum hast Du ihn mitgebracht?" Nathan: „Wir kennen uns ganz gut. Er hat genau wie Miller für das Psychologic Heuristik Institute gearbeitet. Also ist er in Gefahr."

„Und er?" Ich zeige mit dem Kinn auf Abu, der mich schon die ganze Zeit über so komisch ansieht.

Nein. Nicht nur mich, sondern auch Amber und Luja. Es dauert einen Moment bis ich es verstanden habe. Es ist unsere Kleidung! Aus seiner Sicht laufen wir hier halbnackt herum.

Und dann mische ich mich als eine dieser schamlosen Frauen auch noch in das Gespräch der Männer ein. Und das nicht mal bescheiden. Wahrscheinlich kocht er innerlich.

Nathan: „Abu ist der Sprecher der Bauern und Handwerker. Er hat sich sogar bei einigen anderen Bürgern gegen diese law-and-oder-Leute durchsetzen können."

Asalan: „Wahrscheinlich wird er in den Gemeinderat gewählt. Viele Leute haben erkannt, dass sie bald auf die Erzeugnisse der eigenen Landwirtschaft angewiesen sein werden. Das wirkt sich positiv auf die Einbürgerungspolitik aus."

2. Abu hat die ganze Zeit über aufmerksam zugehört. Keine Ahnung, ob er alles versteht. Unsere Fragen, also die von Luja, Amber und mir scheinen ihn jedenfalls ziemlich zu irritieren.

Auch, weil Lehrman und Nathan uns ernsthaft unter dem beifälligen Nicken von Wes und Karan antworten. Abu wirft den Männern in der Runde empört finstere Blicke zu.

Ich wende mich an Nathan. „Wer lebt denn noch in Cascata?" „Fragen wir doch Abu", leitet er die Frage weiter.

Also wenden wir uns um und richten unsere Blicke neugierig auf ihn.

Abu antwortet nur zögernd. „So genau weiß ich das auch nicht. Die Bauern und die Handwerker sind noch da. Einige Betreiber von Gaststätten, Mitarbeiter im Gesundheitswesen sowie Leute im einfachen Verwaltungs- und Ordnungsdienst. Von den Geschäftsleuten nur die, die nicht direkt etwas mit Im- und Exporten zu tun haben."

Er sieht sich um und fährt nun deutlich leiser fort. „Die anderen sind abgeholt worden. Es wird gemunkelt, dass einige von denen die wegen Spionage vor Gericht gestellt wurden und seit dem verschwunden sind."

„Was ist mit diesen gewalttätigen Bauern?" Wesley schaut Abu fragend an. Der nickt. „Die sind vor ein paar Tagen ohne uns ein Wort zusagen zusammen mit ihrem Imam abgereist."

„Habt ihr Euch mal deren Unterkunft angesehen?" Karan. „Komplett leer. Die haben alles mitgenommen." Abu.

„Und wie? Mit dem ganzen Gepäck sind die doch nicht zu Fuß gegangen?", schalte ich mich ein.

Abu ignoriert mich, ja tut mit verächtlicher Miene so als habe er einen Floh Husten hören. Ich wiederhole meine Frage lauter, aber er reagiert immer noch nicht.

Karans Blick pendelt zwischen Abu und mir hin und her. Dann platzt ihm der Kragen und er donnert los: „Hast Du die Frage nicht verstanden? Antworte ihr gefälligst!"

Der dreht sich mit verkniffener Miene zur Seite und schweigt sich weiter aus. Wes mustert erst mich, dann Lisa und Sana von oben bis unten. Tauscht einen irritierten Blick mit Karan. Der deutet mit dem Kinn auf meine Shorts, genau genommen auf meine nackten Knie.

Wesley hat ihn verstanden und nickt ihm zu. „Nimm es mir nicht übel, Professor. Schmeiß diesen Menschen raus." Er wendet sich Abu zu. „Dein Anblick ist eine Beleidigung für die Frauen. Verschwinde!", bellt er ihn an.

Abu schnappt nach Luft und wechselt die Farbe. Mit hochrotem Kopf knirscht er zurück: „Viejo senil!"

Wes lacht provozierend laut. „Tut mir leid, dass es Dir nicht gut geht. Ist sicher nicht so leicht durchs Leben zu kommen ohne Dein Gehirn nutzen zu können."

Abu braucht einen Moment, um zu erkennen, das er gerade beleidigt wurde. Dann explodiert er, fliegt regelrecht auf den sitzenden Wes zu und reißt ihn mit samt dem Stuhl um. Er kommt auch deutlich schneller hoch als sein überraschtes Opfer, kniet sich auf seine Brust und hämmert wütend mit den Fäusten auf ihn ein.

Vor lauter Schreck mache ich das gleiche wie die anderen: Ich schaue nur fassungslos zu.

Endlich! Luja Lisa springt empört auf Abu zu und verpasst ihm eine schallende Ohrfeige.

Der scheint kaum etwas zu spüren, sieht sie aber ungläubig an und brüllt empört. „Weib, wie kannst Du es wagen!"

Nur mit Mühe hält er sich zurück. Seine verächtliche Miene soll ihr wohl zeigen, dass er ein so schmutziges Wesen wie sie niemals anfassen würde.

Mit einer belustigten von oben herab Attitüde kichert sie zu ihm herunter. „Äffchen, wie kannst Du es wagen, einen Menschen anzugreifen."

Das ist dann doch zu viel. Abu springt auf, um sich auf sie zu stürzen. Sehr weit kommt er nicht, denn er hängt plötzlich in der Luft. Am langen Arm von Wes, der sich bis auf die Knie wieder hochgerappelt hat.

Abu ist immer noch außer sich und schreit seine Wut heraus. „Ihr seid des Teufels. Ich werde Euch alle..."

Ein lautes Klatschen unterbricht seine Litanei. Das ist Lujas Hand, die ihm rechts und links in Gesicht schlägt.

Wesley steht auf, lässt aber Abu nicht los, so dass seine Füße nun in der Luft hängen, und wirft seiner Frau einen vorwurfsvoll amüsierten Blick zu. „Lisa, wie oft habe ich Dich gebeten keine Leute zu schlagen, die schwächer sind als Du!"

Dass Luja ihre Hände nun bei sich behält, ist weniger auf diese Ermahnung zurückzuführen, als darauf, dass Abu nun so hoch in der Luft hängt, dass sie sein Gesicht nicht mehr erreicht. <<

Aufklärung. >> Es dauert eine ganze Weile bis sich die Gemüter, vor allem Abu, beruhigt haben. Das geht dann irgendwann sogar soweit, dass Luja sich für ihre Reaktion und die bösen Worte bei ihm entschuldigt.

Nicht nur das. Sie redet ruhig und sehr freundlich auf ihn ein. Über das Menschsein, über Männer und Frauen, ihre Fähigkeiten und Rechte. Über Gleichberechtigung und gegenseitigen Respekt. „Oder, wie würdest Du es finden, wenn wir Frauen Dich als minderwertiges, schwaches Geschlecht zwingen würden so verhüllt herumzulaufen, dass niemand mehr sieht, dass Du ein Mensch bist?"

Ich habe den Eindruck, dass ihre versöhnlich ruhige Freundlichkeit ihn noch mehr provoziert als ihre Handgreiflichkeiten. Aber er beherrscht sich und schnaubt nur unverständliches Zeug in seine dunklen Bartstoppeln.

Am Ende beantwortet er sogar meine Frage. „Diese Fanatiker und ihr Iman wurden von drei großen Flugautos abgeholt." <<

Vorführung. >> Hast Du mal versucht, jemandem aus einem völlig anderen Kulturkreis Dein Selbstverständnis als Frau und die damit verbundene Lebensweise nahezubringen?

Es zu erklären ist schon anstrengend. Immerhin scheint Abu intelligent genug um es zu verstehen. Vielleicht sogar nachzuvollziehen.

Das innerliche Kopfschütteln bekommt man aber kaum weg. Und denjenigen dazu zu bringen, das Miteinander zwischen den Geschlechtern für sich zu übernehmen, erfordert viele Jahre.

Wir haben es versucht. Immer wieder. Und Abu hat sich auch bemüht. Nun. Man kann eine fremde Sprache lernen, sich mit einer fremden Kultur vertraut machen. Aber sie selbst leben ist eine Sache, die allein rational nicht zu schaffen ist.

Wes gibt noch nicht auf. „Ein letzter Versuch. Damit Du mal siehst, wie hilfreich es ist, wenn Frauen echte Partner sind."

Ein Griff in seine Reisetasche und ein kleiner Stick kommt zum Vorschein. „Ein Erinnerungsstück von dem ich mich nicht trennen will!"

Er steckt den Stick in einen der Laptops, die wir von Nathan bekommen habe und spielt ihn ab. <<

Anfang September 19

>> Lisa sitzt im Gerichtssaal und hört dem Vorsitzenden zu, der das Prozedere der Verhandlung umreißt und dann das Wort an den Staatsanwalt übergibt. Ein sehr junger, blasser Mann mit dunklen Locken.

Er scheint sich in seiner Haut nicht besonders wohl zu fühlen. "Ich bin auch noch nicht über alle Einzelheiten informiert. Ich schlage vor, dass Herr Naumann berichtet."

Lisa zuckt zusammen, als der Polizist in den Zeugenstand geht. Ich vermute, dass sie nach ihrer letzten Begegnung mit ihm erleichtert ist nicht selbst die Angeklagte zu sein.

Der Vorsitzende nickt zögernd. "Bitte, Herr Naumann, fangen Sie an!" Der Angesprochene lässt sich das nicht zweimal sagen: "Herr Richter, aufgrund eines dringenden Tatverdachts gegen Herrn Olten haben wir bei ihm eine Hausdurchsuchung durchgeführt. Dabei sind wir auf mehrere Kisten und Kartons gestoßen, die Hinweise auf Straftaten enthalten. Unter anderem umfangreichen Schriftverkehr von Herrn Olten mit osteuropäischen Geschäftsleuten, die zu einer kriminellen Organisationen gehören!"

2. „Alles in Ordnung?", flüstert Sana Lisa zu. Sie klingt besorgt. Ich weiß auch warum. Schließlich hat Lisa geholfen, ihren eigenen Mann abzuhören. „Ja klar", klammert sie sich jetzt an den Strohhalm, dass es um etwas ganz anderes geht. Ich verstehe jedes Wort der beiden, denn ich sitze hinter ihnen.

3. Die Miene des ergrauten Juristen verrät wenig Begeisterung. "Dringender Tatverdacht, Herr Staatsanwalt. So so." Der junge Lockenkopf sieht angestrengt zu Naumann.

"Die sichergestellten Beweise sind eindeutig!", antwortet der auch prompt. "Was haben sie denn gefunden?" Der Richter sieht ihn skeptisch an.

Naumann lehnt sich zurück. "Briefe von einer Firma in Kiew an Herrn Olten in denen es um Verträge für Büroartikel und Liegenschaften geht."

Hmh? Den Brief aus Kiew habe ich ja selbst gesehen. Das weiß ja auch Sana. Jetzt überlegt Lisa wohl was das mit den Kisten oder Kartons zu tun haben könnte?

Naumann ist noch nicht fertig. "Es handelt sich um Absprachen zu Zollvergehen der technischen Unterstützung illegaler Einwanderung."

Er schildert das Ganze recht detailliert. Es klingt wichtig und hochgradig kriminell. Und zieht sich entsprechend lange hin.

Der Richter fragt natürlich nach den erwähnten Verträgen und erfährt von Naumann, dass die als belastendes Material von Willy beiseite geschafft wurden. Auch auf Gefahr hin, dass mein schöner Plan auffliegt, muss ich ihm widersprechen: „Die Verträge liegen der Staatsanwaltschaft vor!"

Der Richter pfeift meinen jungen Kollegen an. „Ja, reden Sie denn nicht miteinander?"

Lisa hat keine Ahnung, um was es geht und schaut sich abwesend im Gerichtssaal um. Erst als Naumann die Kisten und Kartons erneut zur Sprache bringt, schreckt sie auf.

"Das alles lag in seiner Wohnung und im Keller. Allein der Schriftverkehr, den wir gefunden haben, bringt Herrn Olten eindeutig in Verbindung mit der kriminellen Organisation."

"Das entscheide immer noch ich!" Der alte Richter macht ein bedenkliches Gesicht und wendet sich Willy zu. "Was haben sie dazu zu sagen, Herr Olten?"

"Eigentlich bin ich froh, dass die Kisten weg sind. Die standen nur im Wege und waren die reinsten Stolperfallen!", grinst Willy als wolle er einen Witz machen.

"Wollen Sie mich auf den Arm nehmen? Wahrscheinlich erzählen Sie mir gleich, dass das gar nicht Ihre Kartons waren", knurrt der Vorsitzende gereizt.

"Genauso ist es, Herr Richter!" Willy nickt eifrig. Naumann lacht auf. "Das ist doch völlig unglaubwürdig!" Der Staatsanwalt grinst.

4. Lisas Miene verfinstert sich als sie einen Stoß in ihre Rippen bekommt und plötzlich Sanas verbissenes Gesicht vor sich hat. „Nun pack schon aus!"

Im ersten Moment will sie sich die Einmischung verbitten. Dann wird ihr wohl klar, dass Sana Bescheid weiß und mit Willy gesprochen hat.

Sie steht auf und hat erst mal alle Mühe das Zittern ihrer Beine in den Griff zu bekommen. Auch das Atmen fällt ihr schwer.

"Er hat recht!", quetscht sie heraus, "die Kisten habe ich in die Wohnung gestellt." Hmh? Eine energisch und überzeugt vorgetragene Aussage klang sicher anders, als das ängstliche Piepen eines Kükens, das sie von sich gab.

„Gut! Weiter!", muntert Sana sie leise auf. Sie nickt brav und tut ihr Bestes. „Norbert Schulz hat sie mir gegeben und mir eingeredet damit könnte Willy abgehört werden."

Schon besser, trotzdem hätte ihre Stimme als Grundlage einer Altersschätzung ein Ergebnis von maximal zehn Jahren ergeben.

Naumann wirft ihr einen mitleidigen Blick zu. "Herr Richter, als Ehefrau des Verdächtigen ist Frau Olten natürlich wenig glaubwürdig. Außerdem. Wer hat schon mal von Wanzen gehört, die so groß sind wie ein Umzugskarton. Wenig glaubwürdig, Herr Vorsitzender."

Der Richter schüttelt langsam den Kopf. Vorsichtig, als habe er Angst, er könne ihm herunter fallen. "So was denkt sich keiner aus. Das ist einfach zu idiotisch!"

Lisa knirscht so laut mit den Zähnen, dass die Zuschauer erschrocken herumfahren. "Entschuldigung! Ich wollte sie nicht beleidigen." Der Richter sieht sie bedauernd an. Sie nickt wütend.

5. "Das ist noch nicht alles, Euer Ehren", setzt Naumann nach, "wir haben noch mehr gefunden. In einer Kiste war eine größere Menge Kokain."

Nun hat er wieder die volle Aufmerksamkeit des Gerichtes. "Der Drogenbesitz des Herrn Olten dürfte insoweit keine große Überraschung sein, da er mit so etwas bereits als Teenager in Erscheinung getreten ist."

Er schaut sich triumphierend um: „Auch gibt es aufgrund einer Vielzahl von Indizien noch weitere Verdachtsmomente, die sich zu einer lückenlosen Beweiskette verdichten lassen."

Naumann macht eine kleine Pause als wolle er die Spannung erhöhen und holt tief Luft.

"Herr Olten hat seinen Urlaub nicht zum ersten Mal auf Gran Canaria und ausgerechnet in Puerto Mogan gemacht, wo die Mafia getarnt als ´architectura popular´ ihren Sitz hat." Es fällt mir auf, dass er weder Willy noch Lisa dabei ansieht.

"Erwiesen ist auch, dass Herr Olten vorzeitig sein Hotel verlassen hat und abgereist ist. Dazu hat er die Rezeptionistin seines Hotels bestochen, so dass er zunächst nicht aufzufinden war." Er schaut von seinem Zettel auf in das Gesicht des Richters. Der bittet ihn, fortzufahren.

"In Deutschland zurück, hat er die Wohnung seiner Frau überwacht. Auch das wird durch einige Fotos bestätigt. Es handelt sich um die Wohnung, die einige Tage später in die Luft geflogen ist."

6. Lisa starrt ihn entgeistert an. Willy hat Sana und mir erzählt, dass er sie tatsächlich besuchen wollte.

Er hatte es ja direkt nach dem Urlaub versucht. Doch dieser Tobias Mainz war ihm zuvor gekommen. Und auf ein Dreiergespräch hatte Willy dann verzichtet.

Naumann sprach schon weiter. „Merkwürdig erschien uns, dass Herr Olten genau zu der Zeit als seine Frau vor einem S-Bahnhof entführt werden sollte, ebenfalls dort war. Dass er nachdem Scheitern der Entführung niedergeschlagen wurde, lässt vermuten, dass ein Zusammenhang besteht. Hier sind die Ermittlungen noch nicht abgeschlossen. Es deutet vieles darauf hin, dass Frau Olten gemeinsam mit Herrn Mainz das nötige Geld für die Beschaffung von Wohnraum organisiert hat. Sicher war es kein Zufall, dass beide zur gleichen Zeit in Puerto Mogan ´Urlaub´ gemacht haben, wie die Brüder Karlow."

Lisa schnappt empört nach Luft. Sana drückt beruhigend ihren Arm, aber ihr scheinen ohnehin die Worte zu fehlen.

„Und hier dürften auch die Motive des Herrn Olten liegen, seine Frau zu beseitigen." Er wirft Lisa einen höhnischen Blick zu. „Sein Plan, den er gemeinsam mit seiner Frau umsetzen wollte, war in doppelter Hinsicht gescheitert. Zunächst wandte sich Frau Olten wieder Herrn Mainz zu, mit dem sie früher bereits einmal liiert war. Und dann versuchte sie, ihren Mann auszubooten und das Geschäft alleine mit Herrn Mainz durchzuziehen. Dazu veruntreute sie auch die Gelder des Herrn Olten."

Nun geht es um weitere Kontakte und Zeugen, die eine wichtige Rolle spielten. Es geht jetzt darum, dass Willy nun auch noch in Verbindung mit einer terroristischen Vereinigung gebracht wird. Angeblich hat er für einige Attentäter Wohnungen besorgt.

7. Ich bin für einen Moment nicht ganz bei der Sache, denn ich erinnere mich, dass ich Heinz im Zuschauerraum gesehen habe. Und vor Beginn der Verhandlung auf dem Flur.

„Wie geht es Dir?", fragte er leichthin. Gerade so als hätten wir uns erst vor ein paar Tagen zuletzt gesehen. Dabei waren es mehr als zehn Jahre.

Während ich noch überlegte, ob ich ihm überhaupt antworten sollte, fuhr er bereits fort. „Na ja, ich habe mein Schattendasein inzwischen beendet. Und Du? Immer noch in der Sonne?"

Ich ließ ihn einfach stehen. Als ich die Tür zum Verhandlungsraum öffnete drehte ich mich noch mal um. Ja, er stand noch da. Neben einer blonden Frau. Das war doch Sana.

Wes räuspert sich und ich konzentriere mich wieder auf den Laptop wo die Aufzeichnung weiter läuft.

8. Der Richter schaut Willy streng an. "Es tut mir leid Herr Olten, nein, es tut mir nicht leid, aber Sie werden in Untersuchungshaft bleiben müssen. Oder gibt es noch..."

Kommissar Karlheinz Hoffmann meldet sich zu Wort. Ich lehne mich entspannt zurück und höre, wie Sana Lisa leise zuflüstert. „Der ist wirklich gut!" Hmh? Eine merkwürdige Art über den eigenen Mann zu reden.

Nun ist es soweit. Ich nehme mein Handy heraus und tätige den vereinbarten Anruf.

Karlheinz steht nun auf und hebt theatralisch seinen Arm. "Die Wohnungen wurden von den offiziellen Mietern ohne Wissen des Herrn Olten untervermietet. Dafür gibt es auch Belege. Und das mit den Drogen kann ich auch erklären." Der Vorsitzende nickt ihm zu.

"Wir haben das Kokain identifiziert! Es stammt aus der Asservatenkammer des Polizeipräsidiums. Und Herr Olten hat dazu ja wohl kaum Zugang!", stellt Karlheinz belustigt fest.

„Außerdem liegen uns dazu Zeugenaussagen vor. Von einem Kollegen aus Düsseldorf und einem Mitarbeiter des Morddezernates in Hannover!" Er schaut zu den Zuschauerbänken.

Da stehe ich bereits auf, stecke mein Handy ein und melde mich zu Wort. "Herr Naumann, Sie sind vorläufig festgenommen. Die Staatsanwaltschaft wirft ihnen Fälschung von Beweismitteln, Korruption und die Unterstützung einer kriminellen Vereinigung vor. Unter anderem geht es auch um Mord und versuchten Mord! Ihren Komplizen Schulz haben wir bereits festgenommen."

Wie bestellt - waren sie ja auch - treten zwei Uniformierte den Saal, nehmen Naumann in die Mitte und führen ihn ab.

Mit einem schiefen Grinsen scheint der junge Staatsanwalt kurz davor zu sein, in Tränen auszubrechen. Oder in schallendes Gelächter? Die Miene des Richters ist dagegen stockfinster auf mich gerichtet. "Frau Dr. Kappel! Können sie mir mal erklären, was hier eigentlich los ist?"

Ich verziehe bedauernd das Gesicht. Gar nicht so leicht, wenn man eigentlich sehr zufrieden ist. "Tut mir leid Euer Ehren. Wir ermitteln tatsächlich in einem groß angelegten Korruptionsfall."

Dem Vorsitzenden fällt es sichtlich schwer, die Ruhe zu bewahren. „Schön und gut. Das rechtfertigt noch lange kein solches Schmieren-Theater."

9. Hmh. Was soll ich dazu sagen? Der Mann hat recht. Trotzdem: „Die eigentlichen Drahtzieher konnten wir bereits festnehmen. Es war uns auch klar, dass man Beweise gesammelt oder gefälscht hatte, um Herrn Olten zu belasten und so von den wahren Tätern abzulenken. Wir wussten aber weder, was die Organisation in der Hand hatte noch was sie plante."

Ich strecke ihm meine geöffneten Hände entgegen. „Also hat mein Kollege Bayer das ganze beschleunigt und voreilig Anklage gegen Willy Olten erhoben. Da konnte die Organisation nicht mehr warten bis alles wasserdicht war und musste nun die Staatsanwaltschaft unterstützen. Die Beweisführung haben wir ja heute erlebt."

Mein zufriedenes Lächeln wirkt hoffentlich freundlich. „Und durch die heutige Verhandlung konnten wir eine weitere undichte Stelle bei der Polizei aufdecken!" Der Richter schüttelt langsam den Kopf und starrt mich verärgert an. "Das hätten sie mir sagen müssen, Frau Kollegin!"

Ich ziehe schnell meine Hände zurück als fürchte ich, er könnte nach einem Rohrstock greifen. "Euer Ehren. Ich habe darüber lange nachgedacht. Vielleicht sind meine Moralvorstellungen ja ein wenig zu nostalgisch. Aber irgendwie wollte ich nicht, dass Justicia ohne Augenbinde arbeitet." <<

Hoffnung. >> Wes schaltet den Laptop aus und richtet den Blick auf Abu. Der hat einige Male genickt und wirkt nun nachdenklich.

Ich finde, dass Wes Willy die Vorführung klug ausgewählt hat. In der werden wir Frauen zwar nicht als die großen Heldinnen dargestellt, aber als kluge Partnerinnen ihrer Männer.

Abu sagt nichts, aber die Blicke, die er Sana, Lisa und mir zu wirft sprechen Bände. Seine Sympathie haben wir damit wohl nicht gewonnen, aber wir sind ihm unheimlich geworden. Das ist ja vielleicht auch eine Art von Respekt. <<

Januar 21: Unter Verdacht

Neuanfang. >> Ein wenig haben wir uns schon eingewöhnt. Das war uns nicht mal schwer gefallen, denn die Räumlichkeiten der Finca sind großzügig beschaffen. Es ist vor allem die Terrasse, die mich durch die Aussicht auf die gegenüberliegenden Gipfel und herunter auf den See mit seinem blau-grünen Wasser an Cascata erinnert.

Der Professor reißt mich aus meinen Gedanken. „Wir müssen uns entscheiden, wie es weitergehen soll!"

Lisa Luja: „In der alten Welt steht Willy noch unter Mordverdacht. Ich weiß nicht, ob ich dahin will."

Nathan Rainer: „Na, das müssten wir mit dem was wir heute wissen doch aufklären können."

Wesley: „Nach Cascata zurück ja wohl nicht. Ein Todesurteil reicht mir." Luja Lisa und Karan nicken. Amber und ich schauen Nathan fragend an.

„Nicht so einfach", beginnt der zögernd, „die Lage in Cascata hat sich normalisiert, zumindest sind die Milizen verschwunden. Genau wie der Gerichtshof in Honore."

Ich wundere mich: „Du willst da wieder hin? Oder in eines der anderen Biotope?"

Rainer: „Meine Rundreise war ein wenig ernüchternd. Die meisten Standorte sind noch so, wie sie erworben wurden."

Lisa: „Und was bedeutet das?" Rainer: „Na ja. Die Biotope, die ich kenne sind so gut wie fertig. Aber bei den anderen war noch nichts von Baumaßnahmen zu sehen. Ich weiß nicht, was ich davon halten soll."

Abu. Die Frage, was das denn nun zu bedeuten haben könnte beschäftigt mich noch als ich längst wieder alleine bin.

Ein lautes Klopfen reißt mich aus meinen Gedanken. Ich bin überrascht, beinahe erschrocken als Abu im Flur vor meinem Zimmer steht. Er will mich sprechen. Es sei wichtig.

Am liebsten hätte ich ihm die Tür vor der Nase zugeschlagen. Habe ich Angst vor ihm? Vielleicht. Aber sicher fühlt er sich durch meinen kurzen Rock provoziert. In welcher Weise auch immer. Schon verrückt, dass ich ein schlechtes Gewissen habe.

Das ist wohl oft so, dass man sich als moderner Mensch gegenüber dem intoleranten Andersdenkenden im Recht fühlt und trotzdem unsicher ist. Wegen seiner Denkweise und Kultur. Ich weiß, dass er seine Welt für die einzig richtige hält und meine verachtet. Trotzdem will ich ihn nicht vor den Kopf stoßen.

„Was gibt es?", frage ich so freundlich wie ich kann. „Es ist wichtig!", wiederholt er bestimmt.

Ich trete einen Schritt zur Seite um ihn hereinzulassen. Biete ihm sogar an sich zu setzen. „Ich stehe lieber", brummt er nur. Also setze ich mich erst recht in meinen Sessel.

Ich achte lediglich darauf, dass mein Rock nicht hoch rutscht. Trotzdem schnalzt er verächtlich mit der Zunge. „Was gibt es?", frage ich noch einmal.

„Ich weiß nicht, ob ich mit Dir überhaupt reden soll", knurrt er.

„Dann verschwinde aus meinem Zimmer und komm wieder wenn Du es weißt", gebe ich von oben herab zurück.

Er kämpft mit sich. Wahrscheinlich schwankt er zwischen ´mit mir reden´ oder mir ´eine Tracht Prügel verpassen´. Vielleicht auch beides. Natürlich in umgekehrter Reihenfolge.

„Asalan!", stößt er schließlich heraus, „ihr dürft ihm nicht vertrauen." Ich sehe ihn erstaunt an. „Und warum?"

„Er hat damals mit dem Mayor gesprochen als der im Ort war. Es ging darum, dass seine Frau nachkommen sollte." Das klang regelrecht heraus gewürgt.

Ich sehe ihn misstrauisch an. „Warum erzählst Du mir das?" Abu: „Ich kann ja schlecht mit einem Mann über die Frau eines anderen reden."

Ach du lieber Gott. „Das meine ich nicht. Warum erzählst Du das überhaupt?"

Abu: „Sie lebt in Mittelerde. Und Asalan weiß, wo wir hier sind." Der Groschen klemmt noch einen Moment, dann fällt er. „Du meinst, damit er seine Frau wiedersehen kann, wird er uns verraten?"

2. Ich bin nicht sicher, ob er die Wahrheit sagt oder Asalan nur etwas anhängen will. „Sag mal, kennst Du den Mann, der in dem Bungalow neben unseren Reihenhäusern wohnt."

„Den, der meistens unterwegs ist?" Eine erstaunlich informative Bestätigung. Er weiß nicht, worauf ich hinaus will.

„Hast Du meine Nachbarin, also die große Blonde schon mal bei ihm gesehen?", nutze ich die Gelegenheit.

So, wie sich seine Stirn in Falten legt, denkt er angestrengt darüber nach. „Ach ja, ich weiß, dass er sich für die Leute in den Reihenhäusern interessiert. Er hat sie mal danach gefragt." „Sie? Wie willst Du sie in ihrem Tschador denn erkannt haben?"

Er macht eine wegwerfende Handbewegung. „Ihr tragt den Schleier meistens nicht besonders ordentlich. Und sie ist ja wohl die einzige blonde Frau in dieser Gegend."

Hmh? „Und sie hat ihm Auskunft gegeben?" „Ja, und er ihr auch", bestätigt er. „Sie hat ihn auch gefragt. Wonach denn?", staune ich.

„Ach der hat doch mit den wichtigen Leuten in der Zentrale zu tun. Der weiß sehr viel", erklärt er, um mich im nächsten Moment verärgert anzufahren. „Was soll denn das? Kümmere Dich lieber mal um diesen dubiosen Ortsvorsteher!"

Asalan. Ich habe natürlich mit den anderen darüber gesprochen und verlangt ihn zur Rede zu stellen. Gar nicht so einfach.

Der Professor erklärte sich für befangen und wollte uns die Entscheidung überlassen. Luja vermutete sofort einen Zusammenhang mit Wesleys Verhaftung und wusste von einer der Frauen, dass die Fellachen nicht gerade gut auf den Ortsvorsteher zu sprechen waren.

Auch Karan und Wesley wollten der Sache auf den Grund gehen. Nach dem Motto: Stimmt die Aussage von Abu überhaupt? Steht Asalan mit den Leuten des Lords in Verbindung oder versucht er eine solche aufzubauen? Oder will er Cascata verlassen und zu seiner Frau zurück? Und würde er uns dafür verraten?

Wir entscheiden, ihn erst einmal ein- oder eher vorzuladen und dann weiterzusehen.

Nach einigem hin und her erklärt sich Luja bereit falls nötig die Anklage zu vertreten. Und da Willy Wes und Karan sich weigern gegen sie anzutreten, bleibt die eventuelle Verteidigung am Amber hängen. Für den Fall, dass es zu einer Art Verhandlung mit unklarer Beweislage kommt haben die anderen mich zur Vorsitzenden bestimmt. „Schließlich kennst Du Dich ja mit so was am besten aus."

2. Nun sitzen wir auf der Terrasse. Mit 1,5 Meter Abstand. Auf meine Bitte hin haben wir uns auf möglichst locker herum stehende Sitzgelegenheiten verteilt. Ein Sessel bleibt die einzig freie Möglichkeit für ihn sich hinzusetzen.

Ich habe darauf geachtet, dass er nicht uns gegenüber oder in der Mitte steht.

3. Asalan gesellt sich pünktlich zur verabredeten Zeit zu uns, bleibt erst einen Moment in der Tür stehen und schaut sich um.
„Setz Dich doch!", bitte ich ihn freundlich. Nach kurzem Zögern geht er zum Sessel und nimmt Platz.
Er faltet seine Hände. Vorsichtig als wären sie aus Glas. Wie ein besorgter Angeklagter? Hoffentlich bilde ich mir das nur ein.
Jetzt erkenne ich es auch. Wir sitzen zwar nicht nebeneinander wie ein Tribunal sondern gesellig verteilt. Aber die drei ernsthaft dreinschauenden Männer und ebenso viele neugierigen Frauengesichter deuten nicht auf eine harmlose Einladung zum Kaffee hin.

4. „Wie geht es Dir denn jetzt? Das ist ja für uns alle eine neue Situation", gebe ich mir Mühe es nicht wie ein Verhör, sondern wie ein normales Gespräch anzugehen.
Hmh? Nicht gerade ein perfekter Einstieg. Seine hochgezogene Augenbraue sprach Bände. „Ihr wisst also Bescheid." Ich hätte nicht sagen können, ob seine Stimme belustigt oder bitter klingt.
Luja hält sich nicht mit langen Vorreden auf. „Was ist denn nun mit Deiner Frau? Die ist ja offenbar nicht hier."

Er nickt bedrückt. „Meine Schwester! Sie sollte eigentlich nachkommen können. Na ja, wenn ich meinen Job hier einigermaßen ordentlich mache."

„Das hast Du zweifellos. Sogar sehr gut", schaltet sich Amber ein und sieht ihn aufmunternd an.

„Aber die Verhältnisse haben sich verändert", holt sich Lisa Luja energisch das Wort zurück.

Statt sich dem Thema langsam anzunähern geht sie direkt zum Angriff über. „Was ist mit diesem Mayor, der hier kurz zu Besuch war. Du hast doch mit ihm gesprochen."

Asalan: „Na beim ersten Mal wollte er wissen, wie weit die Aufbauarbeiten gediehen waren. Kurz bevor er abgereist ist war das kein Thema mehr."

Luja: „Aber Deine Frau oder meinetwegen auch Schwester!"
Aslan: „Es interessierte ihn nicht. Er brauchte mich ja nicht mehr. Nur falls ich noch einmal nützlich wäre könnte er vielleicht etwas machen."

Amber: „Wo lebt denn Deine Schwester?" Das interessiert mich natürlich auch.

Asalan: „Das kennt ihr vielleicht sogar. In Krefeld. Das ist im deutschen Rheinland. Am Niederrhein sagt man wohl."

Wir staunen nicht schlecht. Deutschland? Wesley Willy: „Aus der Ecke kommen ich ursprünglich ja auch. Genau wie Luja Lisa."

Die Genannte ringt sich ein kleines Lächeln ab: „Du siehst Deine Schwester oder Frau also nur wieder, wenn Du hier für Genesis spionierst?" Amber. „Was sollte es denn hier zu spionieren geben, was die nicht selbst schon wissen?"

Hmh? Die Frau meines Freundes nimmt ihre Aufgabe wohl sehr ernst. Oder steckt etwas anderes dahinter? Immerhin hat sie auch etwas mit dem Typen aus dem Bungalow zu tun?

Sudan. >> Luja: „Erzähl doch mal von Deiner Schwester." Ihre Finger tippen Anführungszeichen in die Luft.

Asalan: „Was willst Du denn wissen?" Schwer zu sagen, ob er sich amüsiert oder beleidigt ist. Na ja. Ich wundere mich ohnehin, dass er sich auf dieses 'Verhör' eingelassen hat.

Luja Lisa: „Zum Beispiel wie es dazu kam, dass Du hier gelandet bist und Deine Frau oder Schwester noch in Mittelerde lebt?"

Er ist ihm sichtlich unangenehm. Nur widerwillig berichtet er im Telegrammstil, dass seine Schwester und er als Kinder entführt worden waren. Er musste dann im Sudan als Soldat kämpfen und sie als x-te Ehefrau einem alten Kerl zu Diensten sein.

Asalan geriet in Gefangenschaft der Blauhelme, konnte in Westerde einen Schulabschluss machen, Betriebswirtschaft studieren und wurde später im Sudan eingesetzt. Dort suchte er seine Schwester und fand sie auch. Von dort nahm er sie mit zu ehemaligen Studienfreunden nach Krefeld in Mittelerde.

„Dort habe ich ein paar Jahre bei einer Export-, Importfirma gearbeitet bis ich dann von Genesis angeworben wurde", kommt er genervt zum Ende.

2. Seine knappe und nüchterne Art zu berichten änderte nichts an der Tragik seiner Geschichte. Im Gegenteil. Mir standen die Haare zu Berge. Wenn auch nur die auf meinen Unterarmen.

Und Luja Lisa hätte ich am liebsten eine reingehauen, als sie auch noch höhnisch fragte: „Und das sollen wir Dir glauben?"

Asalan: „Es gibt da vielleicht einen Zeugen, der für mich sprechen könnte. Er ist heute wieder in Cascata angekommen."

„Und wer sollte das sein?" Luja.

Asalan wirft Amber einen kurzen Blick zu. „Ihr kennt ihn nur vom Sehen. Es ist ein Mann, der ganz in eurer Nähe in einem Bungalow lebt. Wenn ich ihn anrufe, setzt er sich bestimmt in seinen Aqua-Jet und kommt hierher."

Eine böse Ahnung zieht meinen Magen zusammen, während Luja Lisa skeptisch bleibt: „Hat dieser Nachbar auch einen Namen?"

Er zuckt mit den Schultern und zwinkert mir zu. „Ja klar, den wird er euch sicher gern verraten. Mir hat er sich mit ' ben bir gölgeyim' vorgestellt."

Nachgefragt

„Du weißt, was das heißt, Mama?", unterbreche ich sie. „Ich glaube nicht, dass ich da mit meinem Speisekarten-Türkisch weiter komme", weicht sie aus.

„Ich bin ein Schatten", helfe ich ihr auf die Sprünge, „das weißt Du ganz genau."

Sie stellt sich weiter dumm. „Das klingt nach einer Parole oder geheimen Codes aus einem Agentenfilm."

Unglaublich. Sie weiß genau, was los ist. Und das ich sie durchschaut habe. Aber das hilft mir nicht weiter.

Also muss ich sie mit ihren eigenen Waffen schlagen. „Geheimagent? Los rede Mama, in was bist Du da verwickelt? Bin ich deshalb hier?"

Sie sieht mich irritiert an. Eine tiefe Falte auf ihrer Stirn. Ja, sie hat erkannt, dass sie mir etwas sagen muss. Vielleicht noch kein Geständnis, aber doch etwas das mich zufrieden stellt.

2. „Weißt Du, ich habe stets mit einem schlechten Gewissen an Dich gedacht. Ich hatte ja nicht vor hier zu bleiben." Das klingt nach einer Ausrede, aber ich sehe meiner Mama an, wie ernst sie es meint.

Ich nehme sie in den Arm. Sie drückt mich an sich. Schiebt mich sanft zurück, sieht mich an, als müsse sie mir noch mal eben beweisen, das ihre Augen trocken sind.

„Aber ich bin jetzt da", versuche ich sie zu beruhigen. Sie nickt. „Ja klar. Asalan hatte eine Möglichkeit gefunden seine Schwester herzuholen. Das wusste ich natürlich nicht. Ich habe ihm gegenüber nur erwähnt, wie gerne ich Dich bei mir hätte. Da hat er seinen Bekannten gebeten, Dich mitzubringen."

„Mitzubringen? Mama! Das war eine Entführung. Chloroform." Ich bin nicht so wütend, wie es scheint.

Sie hebt ihre Schultern. „Was sollte er tun? Dir die Wahrheit sagen?" „Warum nicht?", frage ich irgendwie der Vollständigkeit halber.

Sie kann ihre angespannte Neugierde kaum verbergen. „Hast Du den oder die Typen gesehen, die Dich abgeholt haben?"

„Nee, nur den stinkenden Lappen", knurre ich und schiebe versöhnlich hinterher: „Wenn ich es mit Deinem Horrortrip vergleiche, ist das ja beinahe eine Petitesse."

Mama nimmt mich erleichtert in den Arm. „Ach Kind. Es geht noch weiter."

Januar 21: Persönliche Befindlichkeit

Abwegig. Ein paar Tage später setzen wir die Verhandlung fort. Zu erst erkenne ich ihn gar nicht. Das liegt wohl auch daran, dass er kaum einmal in meine Richtung schaut.

Ich konnte ihn bestenfalls von der Seite, meistens sogar nur von hinten sehen. Und als er hereinkam, ist er schnell an mir vorbei gegangen.

Er nimmt Platz und stellt sich vor: „Man nennt mich hier Enrique." Mich trifft beinahe der Schlag. Auch, wenn die letzten zehn oder fünfzehn Jahre Spuren hinterlassen haben, erkenne ich erst Stimme und dann sein Gesicht. Ob ich es nun will oder auch nicht. Dieser Enrique ist mein alter Heinz.

2. Natürlich habe ich in den letzten Tagen über Asalans Worte nachgedacht. "Gölge könnte Türkisch sein. Dann würde es Schatten bedeuten."

Was war ihm dazu nicht alles eingefallen? Wo es Schatten gibt ist auch Licht. Nein, umgekehrt wird ein Schuh draus. Man rühmt den Schatten erst wenn der Baum gefällt ist. Je tiefer die Sonne steht, um so länger sind die Schatten.

Und dann ich erinnere mich wieder an ein lange zurückliegendes Gespräch mit Heinz. Es war unser letztes gewesen, in dem er sich mit einem seiner kryptischen Sprüche von mir getrennt hatte.

Ich habe mir die Worte genau gemerkt, weil ich damals nicht verstand, was er mir eigentlich damit sagen wollte. „Selbst wenn es im Schatten angenehm ist, denkst Du doch nur an die Sonne."

3. Bevor Luja Lisa etwas fragen kann, kommt Enrique Heinz ungeduldig, beinahe gereizt zur Sache. „Eigentlich habe ich mit Asalan und Nathan zu reden. Über Dinge, die wichtiger sind als dieses kindische Verhör. Aber von mir aus. Bringen wir es hinter uns."

Er bestätigt dann in aller Kürze, was Asalan uns bereits erzählt hat. „Reicht das?" Er klingt alles andere als freundlich. „Ich habe nämlich nicht viel Zeit!"

Hmh? So arrogant habe ich ihn nicht Erinnerung. Er beachtet mich immer noch nicht. Andererseits sind mir die Blicke aus den Augenwinkeln in meine Richtung nicht entgangen.

Enrique. Er hat sich tatsächlich zu einem persönlichen Gespräch mit mir herabgelassen. Unter vier Augen. In meinem Zimmer. Ein komisches Gefühl, bisher habe ich noch niemanden mit hinein genommen.

Es gab auch niemanden der das gewollt hätte. Na ja, Asalan vielleicht. Aber wie hätte das ausgesehen? Der war ohnehin bei sich zu Hause und hatte jetzt anderes im Kopf. Denn Heinz hatte ja auch Sirin, Asalans Schwester, mitgebracht.

2. Ich begrüße ihn mit: „Wieso Enrique? Dein Genesis-Name?" Er grinst: „Die spanische Form von Heinrich oder Heinz klingt doch viel besser." Hmh? Ich hätte nicht gedacht, dass er so eitel ist. „Nathan und Asalan. Ihr seid wohl eng befreundet?"

„Haben Nathan Rainer und Asalan nichts gesagt? Wir drei gehören zu Prometheus", macht er sich wichtig.

„Du und Prometheus. Nein, von Dir hat niemand was gesagt. Hätte mich auch gewundert", spotte ich.

Er zieht seine Augenbrauen zusammen. „Du bist noch genauso herzlich wie damals."

Und Du noch so ironisch, denke ich, stelle aber nur nüchtern fest. „Schließlich hast Du Dich getrennt und nicht ich." „Habe ich das? Was ist eigentlich aus Günes` geworden?"

3. Mein Gott ist der nachtragend. „Da war und ist nichts. Mal abgesehen von meiner Tochter, die ein wunderbares Geschenk ist, aber auch die ungeplante Folge eines bestenfalls mittelmäßigen Hotelservice ist." Er schüttelt den Kopf. „Hörst Du Dir auch manchmal selber zu?"

„Du bist immer noch genau so humorlos, wie damals. Das mit Günes' war doch ein Spaß. Die Sonne? Ich habe Dich ja nur ein wenig aufgezogen", gebe ich zurück.

Er verdreht die Augen. „Zwei Jahre lang derselbe Spaß? Das wäre selbst einem Demenzkranken zu viel gewesen."

Was soll ich dazu sagen? Außer: „Du hättest Dich ja mal melden können."

Seiner Miene nach zu urteilen ist das für ihn das Stichwort. „Habe ich. Im ersten Jahr hast Du meine Anrufe weggedrückt. Und letztes Jahr hast Du so getan, als ob Du mich nicht kennst."

Er spielt wohl darauf an, dass ich ihn auf dem Korridor des Gerichtes getroffen habe. Damals als Willy der Prozess gemacht wurde. „Du kannst auch nur meckern", will ich mir die weitere Diskussion ersparen.

Doch so schnell gibt er nicht auf. „Ich war bei dem Prozess unter den Zuschauern. Und total begeistert, wie Du das gedreht, die Intrige aufgedeckt und die korrupten Polizisten überführt hast. Genial."

Ich sehe ihn misstrauisch an. Hmh? Er meint es wohl ernst. Ein wenig stolz war ich schon auf diese Aktion. Aber das ging ihn nichts an. „Schnee von gestern", brumme ich also gelangweilt.

„Und der Schnee von heute? Was ist mit Asalan?" Mein Gott ist der neugierig. „Das geht Dich nichts an. Warum interessiert Dich das überhaupt?" Das klingt unfreundlicher als ich es gemeint habe.

Glücklicher Weise zeigt er sich unbeeindruckt. Na ja. Er kennt mich eben. „Asalan ist ein netter Kerl, der sich bemüht hier alles richtig zu machen. So, wie ich damals."

Mit erhobenem Zeigefinger fährt er fort: „Asalan hat ja schon einiges für Dich getan. Lass ihn nicht auch so ein Schattendasein führen."

2. Hmh? Das Gespräch hat eine Richtung genommen, die mir nicht gefällt. Da kommt mir ein anderer Gedanke gerade recht. „Was hast Du eigentlich mit Amber beziehungsweise Sana zu tun?" Er sieht mich erstaunt an.

„Ich habe euch gesehen. Was sollte Karan nicht wissen?", helfe ich ihm auf die Sprünge.

„Ach das", lächelt er, „Du wolltest doch Deine Tochter hier haben. Asalan hat mich gebeten, sie zu holen. Ich bin ja sowieso noch viel unterwegs." „Ja und?"

„Na. Ich wusste ja nicht wo Deine Tochter lebt. Dich wollte ich nicht fragen, also habe ich mich an Sana gewandt."

Ich sehe ihn skeptisch an. „Und warum durfte Karan das nicht wissen?" Er hebt die Schultern hoch. „Das musst Du sie fragen. Sie wollte wohl nicht, dass er Dir davon erzählt." <<

Februar 21: Im richtigen Film

Live. >> Jetzt bin ich in Mamas Geschichte drin. Sie hat mir sogar einen dieser Translator mit Aufzeichnungsfunktion besorgt. „Sonst blickst Du ja irgendwann nicht mehr durch."

Okay, nach all dem, was ich inzwischen mitbekommen habe, vielleicht gar nicht so abwegig. Außerdem wollte ich sie nicht vor den Kopf stoßen. Schließlich sind wir uns gerade erst wieder näher gekommen.

Nach der Trennung von Heinz war sie noch nüchterner und misstrauisch geworden. Eine schwierige Zeit. Sie erzählte mir nichts mehr von sich, wollte aber alles von mir wissen.

Nun gut. Was sie mir in den letzten Tagen über sich aufgetischt hat reicht wohl als Entschädigung für die letzten Jahre. <<

Heinz. >> Er hat sich bei mir für die Entführung entschuldigt. „Na ja, nicht die feine Art. Aber letztlich hast Du mir damit einen Gefallen getan", gebe ich mich versöhnlich.

Vielleicht auch, weil ich neugierig bin und hoffe, dass Heinz meine Fragen beantworten wird. „Sag mal, wie ist es denn dazu gekommen, dass Professor Unger mich doch noch in sein Forschungsteam aufgenommen hat?"

Auf seinen fragenden Blick hin schiebe ich hinterher. „Eberhard hatte mich ja nicht auf die Liste gesetzt?" „Eberhard?"

„Na der Assistent von Unger." Dass der mein fester Freund ist, tat ja nichts zur Sache.

Heinz braucht einen Moment um sich zu erinnern. „Keine Ahnung. Ich habe Dich vor der Tür von Kurt Unger gesehen. Klar, da habe ich ihn nach Dir gefragt." „Ja und?"

„Tja, diese anonymen Universitäten gab es auch schon zu meiner Zeit. Er konnte mit Deinem Namen nichts anfangen. Also hat er in seine Dateien geschaut. Da wo die Noten und Themen der Klausuren und Seminararbeiten festgehalten sind."

„Ich habe da ja ziemlich gut abgeschnitten. Und meine Themen passten eigentlich zu seinem Forschungsprojekt", nicke ich ungeduldig.

„Genau. Und deshalb hat der Kurt sich auch gewundert und noch mal in der Liste seines Assis nachgeschaut. Da warst Du tatsächlich nicht drin", bestätigt er.

„Hat er was dazu gesagt, warum Hardy mich nicht eingetragen hatte?" „Hardy?" „Eberhard, der Assi."

„Kurt hat sich selbst gewundert und ihn angerufen", sinniert Heinz. „Ja und?"

Er zuckt mit den Schultern. „Ich habe natürlich nicht gehört was dieser Eberhard gesagt hat." „Aber?" „Na ja, der Kurt ist dann ziemlich ins grübeln gekommen." „Ja und?" „Hmh? Er konnte da nur mutmaßen. Der Vertrag seines Assis würde ja bald auslaufen. Das Projekt dagegen erst ein Jahr später."

„Du meinst, der Hardy wollte verhindern, dass ich in dem Forschungsteam weiter arbeite, wenn er schon weg ist?", wundere ich mich.

Er zeigt mir die Innenflächen seiner Hände. „Keine Ahnung. Wenn er mit Dir in einer Beziehung wäre, könnte das ja sein. Unsichere Männer sind manchmal ja besitzergreifend."

3. Natürlich kommen wir auch auf die Zeit vor zehn Jahren zu sprechen. Ich erzähle ihm von meinen Erinnerungen und lasse meine Mutter nicht gerade in einem günstigen Licht erscheinen. Er bestätigt meine damalige Wahrnehmung zwar, gibt aber in keinem Fall der „Ruth" auch nur eine Mitschuld.

Nein, er habe sie durch sein indifferentes Verhalten so weit gebracht. Nur an einer Stelle widerspricht er meiner Mutter. Er sei eben kein Tausendsassa gewesen, der mit vielen Frauen rumgemacht hätte. Räumt aber ein, dass seine Unsicherheit auf sie wohl so gewirkt haben könnte.

Dabei wäre er nur so gewesen, weil er nicht gewusst habe wie er anders sein könnte. Er habe sich nämlich gar nicht vorstellen können, dass eine kluge, schöne Frau wie Ruth sich für ihn ernsthaft interessierte.

Wie eine Tochter auch immer zu ihrer Mutter steht: So etwas hört sie gerne. Also frage ich ihn, ob denn nun aus ihnen beiden doch noch etwas werden könnte.

Da nimmt er mich in den Arm. „Nein. Ich bedaure nur, dass wir beide uns nicht näher kennengelernt haben. Die Ruth, die ist ein schwieriger Fall, genau wie ich selbst. Um das zu überwinden braucht es sehr viel. Jedenfalls mehr als jeder von uns einbringen konnte. Wir brauchen beide jemanden der Gefühle zeigen kann und sie auch hat. Ruth zum Beispiel so jemanden wie Asalan. Und ich habe auch jemanden gefunden, der mich zu nehmen weiß."

Februar 21: Das Arche-Noah-Projekt

Schuldner. Heinz hat uns alle zusammengetrommelt. Zum ersten Mal war der Aufenthaltsraum der Finca gut besucht. Okay nicht voll, dazu war er zu groß, aber belebt.

Er kommt sofort zur Sache. „ Da wir hier schon mal so nett zusammen sitzen. Vergesst alles, was ihr bisher über Genesis und die Biotope gehört habt. Auch das, was die Außenwelt betrifft. Da sieht es immer noch schlimm aus, aber von dieser Apokalypse, die man Euch weisgemacht hat, kann keine Rede sein."

Nun folgte ein ziemlich langer Vortrag, der mir anfangs einigermaßen bekannt vor kam. Dass Genesis nämlich mit dem Immobilien-Unternehmer Trumtier begonnen hatte, hörte ich nicht zum ersten Mal.

Auch nicht, dass die Banken ihm bisher stets unter die Arme gegriffen und in seine neuen Projekte investiert hatten, um die vielen Millionen, die er ihnen schuldete nicht zu verlieren.

Und dass er diesmal nicht Millionen, sondern viele Milliarden brauchte, war mir ebenso wenig neu, wie der insolvente Großunternehmer, der mit ihm über die vielen Auflagen zum Klimaschutz jammerte, die Schuld an der ganzen Misere seien. Die beiden versackten schließlich in einer Bar. Und da sei die Idee entstanden.

Heinz macht eine ausholende Bewegung mit den Armen. „Sie fabulierten von Investitionen, die selbst die schlimmsten Katastrophen überstehen würden, wie einst die Arche Noah." So weit, so wenig neu.

Heinz lehnt sich zurück. „Vielleicht ist das auch nur eine der üblichen Anekdoten. Fakt ist aber, dass Trumtier am nächsten Tag das Projekt Genesis in Angriff nahm."

Betrug. „Auch von den fiesesten Typen kommt manchmal etwas Gutes. Könnte man meinen", grinst er und fährt ziemlich von oben herab fort „Die Geschichte lehrt uns aber, das so etwas selten von Dauer ist."

Ich weiß nicht, worauf er hinaus will und sehe, das es den anderen genau so geht. Mamas Mundwinkel hängen ganz unten. Ihr gefällt wohl nicht, dass Heinz im Mittelpunkt steht.

Er nickt selbstzufrieden. „Ich habe ja schon gesagt, das der Typ weder ein Idealist ist noch besonders intelligent, dafür aber sehr gerissen und skrupellos."

2. Heinz beschreibt nun den Business-Plan des Immobilien-Tycoons, der mit Angst viel Geld machen wollte.

Eigentlich nichts ungewöhnliches in der heutigen Zeit. Aber bei dem was dann kommt vergeht mir Hören und Sehen.

Trumtier sorgte nämlich dafür, dass die Angst vor Klimakatastrophen und Kriegen weiter anstieg. Das war nicht schwer gewesen. Die seriöse Berichterstattung hatte gute Vorarbeit geleistet. Er musste nur einige dramatisch-schreckliche Bilder von Naturkatastrophen und Kriegsgräueln neu zusammen stellen und sie mit Halbwahrheiten oder dreisten Lügen ein wenig aufpeppen und schon war die apokalyptische Vision der Zukunft fertig.

Heinz grinst. „Und die Medien malen ja gleichzeitig das Schreckgespenst aus Arbeitsplatz- und Wohlstands-Verlusten an die Wand. So scheint klar zu sein, dass keine Regierung der Welt etwas nachhaltiges gegen die Katastrophe unternehmen wird. Nach diesem Muster gehen ja auch viele Sekten vor. Aber die können nur schwammige Lösungen präsentieren, die an die Stärke des Glaubens oder an höhere Mächte anknüpfen. Sekten stellen ja eher auf das Seelenheil des Einzelnen ab. Okay, auch damit generieren sie einiges an Spenden. Damit kann man in der materiellen Welt aber nur ein paar Außenseiter erreichen."

Er schaut mich nun so an, wie früher meine Mutter, wenn ich mein Geschenk auspackte. „Die Idee ist nicht wirklich neu. Aber noch nie hat es jemand gewagt, einen prophezeiten Weltuntergang mit den Methoden der Finanzwelt zu verbinden."

Das Fragezeichen im Gesicht der anderen ist sicher auch bei mir zusehen. Er nickt: „Die Denkweise seiner Klientel ist ihm ja bestens vertraut."

Dann beschreibt er uns, wie er es nennt den „Ausgangspunkt" von Genesis. Nämlich die Sorge der Leute mit sehr viel Geld und Vermögen um ihr Leben und ihre materielle Existenz. Und, dass die es ja gewohnt waren jedes Problem mit Geld zu lösen und das wie nur eine Frage des Preises ist.

Trumtier holte seine Zielgruppe also in der spekulativen Welt der Finanzen ab, in der die Menschen misstrauisch und berechnend waren. Sein Plan wurde auf diese Klientel zugeschnitten.

3. Er machte so etwas ja nicht zum ersten Mal. Aber ihm war klar, dass er diesmal noch größer denken musste als je zuvor. Viel, viel größer.

Also gründete er erst mal eine Firma, die ein Konzept erarbeiten sollte. Ein Programm für die Schaffung eines organisatorischen Rahmens mit entsprechenden Regieanweisungen für die Umsetzung des Ganzen.

Aus Sicht der künstlerischen Leitung und der Mitarbeiter des Unternehmens erstellte man das Drehbuch für die Aufführung eines surrealen Theaterstückes.

Und natürlich war man sehr stolz darauf, an einem Projekt in dieser Größenordnung und mit einer derart aufwändigen Kulisse, mitwirken zu können.

Das Besondere war, dass hier bereits die Kulisse eine große Inszenierung darstellte.

Ein zentraler Baustein war die Integration der großen Sponsoren in ein eigens für sie geschaffenes Parlament. In dem konnten sie als Abgeordnete selbst bestimmen und kontrollieren, was mit ihrem Geld geschah.

Um nach außen eine unabhängige Wissenschaftliche Begleitung präsentieren zu können wurde das PHI gegründet. Die Wissenschaftler dort glaubten tatsächlich neutral und objektiv die Schwachstellen der Außenwelt analysieren zu können.

Dass sie nur als Alibi dienten und durch die Beschreibung der weltweiten Probleme Genesis besser da stehen zu lassen, wussten die natürlich nicht.

Als nächstes gründete Trumtier ein Immobilienunternehmen, in dem viele Juristen, Makler und Geologen beschäftigt waren. Von dort aus wurden die Käufe von Arealen für die Errichtung der Biotope sachlich und rechtlich abgesichert, denn die in den Planungen für das Parlament ausgewiesenen Grundstücke wurden tatsächlich ordnungsgemäß erworben.

Abgelegen, wie sie waren und/oder quasi kaum erschließbar oder alte Brachen, kosteten sie kaum etwas. Die Kommunen waren ja froh, dass sich überhaupt jemand dafür interessierte. Manche hoffte vielleicht sogar auf Investitionen, die Arbeitsplätze und Steuereinnahmen generieren würden.

In einem weiteren neu geschaffenen Unternehmen forschten Wissenschaftler, Techniker und Mediziner aller Disziplinen.

Heinz wendet sich lächelnd Wes zu. „Hier wird die notwendige Infrastruktur entwickelt. Daher kommen auch die Aqua-jets und war auch Deine Spezialbehandlung möglich."

4. Mir schwirrt bereits der Kopf. Ich konzentriere mich, um den seinen Ausführungen wenigsten in etwa folgen zu können.

Trumtier gründete demnach auch noch eine Baufirma, in der Architekten, Statiker, Agrarexperten und Bauarbeiter für den Aufbau der Biotope beschäftigt waren. „Die sind vor Ort tätig und stampfen so zusagen die Dörfer aus dem Boden."

Die Mitarbeiter aller Unternehmen wären natürlich zum Stillschweigen verpflichtet worden. Eigentlich gar nicht notwendig, denn keiner wusste ja von der Existenz der anderen Firmen. Und ohne die Zusammenhänge zu kennen, leistete jede Belegschaft ja ganz normale Arbeit, die niemand verbergen muss."

Heinz faltet seine Hände. „Also die perfekte Geheimhaltung nach dem Motto: Teile die Aufgaben und herrsche allein."

5. Er räuspert sich. „Andererseits machte es die Steuerung des Gesamtprojektes schwierig." Daher habe Trumtier Stabsstellen für das Finanz-Controlling eingerichtet. Denn irgendwie mussten die Zahlen ja für die Rechnungslegung an das Parlament erstellt werden. Dann waren die Unterlagen der Teilprojekte noch für das Gesamtprojekt zusammenzuführen.

„Dafür hat Trumtier eine kleine Arbeitsgruppe gebildet mit Leuten wie mir. Die Auswahl dieser Mitarbeiter erfolgte sehr gründlich. Denn wollte sicher gehen, das es sich um Fachidioten ohne jegliche Eigeninitiative handelte." Heinz scheint darauf nicht wenig stolz zu sein.

6. Mama sieht ihn an. Gelangweilt? Abfällig? Jedenfalls nicht beeindruckt. „Ja und?"

„Na ja, die Gewinnmarge ist vielleicht ganz interessant", genießt er, dass wir an seinen Lippen hängen. „Nach unseren Berechnungen belaufen sich die jährlichen Kosten für alle Firmen und Projekte zusammen auf mindestens 60 Mrd. Dollar, wahrscheinlich sogar mehr."

Heinz hüstelt ausführlich. „Tja, ich habe mir dann auch die Einnahmeseite angesehen. Das gehört ja ausdrücklich nicht zu meinen Aufgaben. Gar nicht so leicht, da an Informationen zu kommen. Einer der Abgeordneten hat mir schließlich Sitzungsunterlagen für das Parlaments überlassen."

7. Nathan: „Wie bist überhaupt darauf gekommen. Deine ...äh...Finanzprüfungen auszuweiten?"

Heinz: „Eigentlich albern. Weißt Du, was mich misstrauisch gemacht hat?" Natürlich kann keiner von uns die Frage beantworten.

Das erledigt Heinz dann selbst: „Trumtier ist ja ein komischer Name. Normalerweise würden doch zumindest seine Mitarbeiter Witze darüber machen oder ihm einen Spitznamen geben. Trampeltier oder Trommelpeter oder so. Aber nichts dergleichen." „Ja und?"

„Na die haben einfach Schiss um ihren Job. Schließlich werden sie sehr gut bezahlt und Trumtier hat ständig Leute gefeuert. Aber nicht, weil sie schlecht gearbeitet haben." Er macht eine wegwerfende Handbewegung. „Scheinbar ohne jeden Grund. Einfach, weil er es konnte."

Nathan: „Was heißt das nun?" Heinz: „Ich habe mit einigen ehemaligen Mitarbeitern gesprochen. Die wussten immer noch nicht, warum sie entlassen worden waren. Es gab nur eins was ihnen gemeinsam war. Sie hatten ihren Job ernst genommen und versucht die Daten, die ihnen vorlagen durch Rückfragen bei anderen Stellen zu verifizieren."

Heinz sieht uns an, als erwarte er, dass wir selbst die richtigen Schlüsse ziehen. Das dauerte ihm dann wohl zu lange. „Na ist doch klar. Trumtier hat was zu verbergen."

Der macht es wirklich spannend. „Ja und? Was hast Du heraus gefunden?", platze ich heraus.

8. Seine Miene ist nun das reinste Hände reiben. „Die Gewinn- und Verlustrechnung ergab ein sehr positives Ergebnis."

Er grinst zufrieden. „Sehr, sehr positiv. Viel zu positiv." Ich verstehe kein Wort. „Wie zu positiv?"

Sein Finger tippt ein paar Mal auf die Tischplatte: „Nun, das Ergebnis beweist, dass da gemauschelt wurde. Also habe ich die Zahlen aller Unternehmen noch einmal miteinander verglichen. Und siehe da. Ein Unternehmen fiel aus dem Rahmen." Mama ist genervt: „Ja und?"

Heinz: „Das Bauunternehmen ist nicht mal klein, aber weit entfernt von den Dimension der Planungen, die vom Parlament genehmigt worden waren. Statt Hunderte oder Tausende von Biotopen, wurde gerade mal ein gutes Dutzend aufgebaut und bewohnbar gemacht. Quasi als Muster-Biotope, die man auch den Investoren vorzeigen kann."

9. Er verschränkt seine Arme vor der Brust. „Um es kurz zu machen. Die Beiträge die die Parlamentarier pro Jahr einzahlen summieren sich auf eine halbe Billion. Damit verbleiben jährlich gut 400 Milliarden für Trumtier. Da ist in den letzten Jahren also einiges zusammengekommen."

Mir hat es die Sprache verschlagen und Mama bringt nur ein „das gibt's doch nicht" heraus.

10. Einige ungläubige Ausrufe, Bemerkungen und Fragen später, haben wir uns beruhigt und lassen das erst mal so stehen.

„Und das ist den anderen jetzt aufgefallen?", vermutet Wesley. Heinz: „Noch nicht, aber früher oder später wäre es soweit gekommen."

Er nimmt seine Arme herunter und legt sie mit geöffneten Händen auf den Tisch. „Ich nehme an, dass Trumtier deshalb die Biotope vernichten lässt. Dann kann man nämlich nicht mehr erkennen, ob die Bombenkrater die Reste einer urbanen Siedlung sind oder nur ein paar Löcher mehr in einem öden Brachland."

„Alle? Oder lässt er die fertig bebauten übrig? Vielleicht hat er ja auch einige übersehen?", fragt Mama wenig hoffnungsvoll.

Nathan: „Na ja. Die Koordinaten aller Standorte sind zentral bei Genesis gespeichert? Und gut gesichert. Sie sollten ja auch vor den Geheimdiensten der Nationalstaaten geschützt sein."

Wes: „Aber?" Nathan: „Prometheus, unsere Widerstandsbewegung gibt es ja noch." Karan: „Was können die denn jetzt noch machen?"

Nathan: „Wie man es nimmt. Wir haben ja auch einige kluge Köpfe in unseren Reihen, zum Beispiel großartige IT-Spezialisten."

Er tauscht einen Blick mit Heinz und erklärt: „Na ja, die haben einige Koordinaten in der Datenbank gelöscht oder verändert."

11. Ich brauche einen Moment, um zu verstehen, was das bedeutet. Luja Lisa ist schneller als ich und spricht es aus: „Einige? Weißt Du auch welche?"

Nathan: „Die konnten ja nicht alle Koordinaten löschen oder verändern. Das wäre aufgefallen. Vermutlich sind nur wenige Biotope dem Untergang entgangen."

Lisa Luja: „Und Cascata?" Nathan: „Nun, Cascata gibt es in der Zentraldatei nicht mehr. Möglicherweise ist es sogar das einzige noch verbliebene bewohnte Biotop."

12. Amber Sana: „Das erinnert mich an die Bibel. Da ging es ja ähnlich zur Sache. Adam und Eva wurden doch aus dem Paradies vertrieben, weil sie anfingen selbst zu denken. Sie vermehrten sich und machten sich die Erde untertan. Wurden dann aber immer hemmungsloser. In der Folge kam die Sintflut, die Arche Noah, der Berg Ararat. Hmh? Wie heißt eigentlich der Berg auf dem Cascata liegt?"

Februar 21: Der Tschador-Test

Geschäftsfelder. Kaum zu glauben. Mama und Heinz haben sich tatsächlich zu einem Treffen zu Dritt bereit erklärt. Für mich die Zusammenführung einer Familie, die ich mir gewünscht hatte aber nie zustande gekommen war.

Und meine Mutter? Die versuchte sich feige herauszuwinden und mir das auch noch als Souveränität zu verkaufen. Schließlich habe ich ihr keine Wahl gelassen. „Wenn Du mich schon entführen lässt kannst Du mir das nicht abschlagen."

Dass Heinz sich mir zu liebe darauf eingelassen hat, bestätigt das Gefühl aus meiner Kindheit. Bei all der Umständlichkeit, die er mir gegenüber an den Tag gelegt hat und trotz Mamas steter Bemühung eine väterlich-kindliche Beziehung zu verhindern, war ich ihm doch wichtig gewesen und bin es noch.

Pech für sie, dass ich inzwischen erwachsen bin und auf ihr schwarzer Peter Spiel nicht mehr herein falle. Und so muss sie zu Heinz zumindest höflich sein.

Das ist sie dann auch und heuchelt so freundlich, dass sogar die viel zitierte falsche Schlange neidisch geworden wäre.

2. Der aufgesetzt bemühte Austausch von Förmlichkeiten reicht mir jetzt. Ich ziehe die Samthandschuhe aus und komme zur Sache: „Enrique. Bist Du eigentlich verheiratet?"

Heinz wirft mir einen kurzen Blick zu und schaut dann unsicher zu Mama. „Seit fünf Jahren. Eigentlich sollte meine Frau jetzt hier sein. Äh, nicht hier sondern in Cascata."

Es ist nicht zu übersehen, dass er Mamas spitze Zunge nicht auch noch munitionieren will. Zu spät. „Na, sie wird ihre Zeit sicher in angenehmerer Gesellschaft verbringen wollen." Ihr Lächeln wirkt ein wenig eingefroren. Daran ändert auch ihr Augenzwinkern nichts. „Na ja, die Leute in Cascata sind schon sehr speziell."

3. Um Heinz weitere Gehässigkeiten zu ersparen frage ich nicht weiter nach. Ohnehin interessiert mich etwas anderes mehr. „Sag mal. Diese merkwürdigen Regeln nach denen in Cascata gelebt werden musste. Ein autoritärer Herrscher, dieser Mayor, ein gewählter Ortsvorstand, die Arbeiter in der Landwirtschaft, dann diese Steinzeit-Rolle für die Frauen? Was sollte das? Warum kein normales Miteinander?"

Mama sieht mich erstaunt an. Heinz nickt anerkennend. „Das habe ich mich auch gefragt. Ein ehemaliger Mitarbeiters der Programmfirma von Genesis hat es mir erklärt."

Ich nicke ungeduldig und er fährt fort: „In jedem Biotop ist es anders; sowohl die Zusammensetzung der Bevölkerung, ihre Kultur als auch die Regeln für das Leben in der Gemeinschaft. Genesis wollte einfach testen, was am besten funktioniert."

Hmh? „Und dieser Tschador und die Aufzeichnungsfunktion im Übersetzungsgerät?"

Heinz: „Die Aufzeichnungsfunktion? Na, bei jeder Studie verfolgt man doch die Entwicklung der Probanden. Und der Tschador? Das ist eine der scheinbar unsinnige Regeln mit denen man testet, wie weit jemand dafür geht, um bei den Auserwählten bleiben zu können."

4. „Verrückt!", knurre ich. Heinz: „Genauso verrückt, wie einiges andere. Nehmen wir Corona. Vor allem in Westerde hat sich Trumtier große Mühe gegeben das Virus flächendeckend zu verbreiten. Aber die Sterblichkeit ist viel zu gering, um die Zahl der Menschen deutlich zu reduzieren. Also konnte man den entwickelten Impfstoff getrost auf den Markt bringen, um damit ganz groß abzusahnen."

Wesley: „Eigentlich eine Sauerei. Die ganze Forschung wurde doch durch Fördermittel der öffentlichen Hand finanziert."

Heinz: „Sicher. Ganz neu ist das nicht. Aber hier wurde das perfektioniert. Das Risiko und die Kosten für die Entwicklung trägt der Steuerzahler, die Lizenzrechte hat aber der Pharmakonzern. Und die Erlöse aus dem Verkauf dieser Rechte bestimmt der freie Markt genauso wie den Verkaufspreis der Impfstoffe."

Luja Lisa: „Das ist doch Betrug. Wie kann die Politik denn bloß so bescheuert sein?"

Wesley: „Na ja, die Marktwirtschaft ist eine heilige Kuh gegen die sich kaum jemand etwas zu sagen traut. Die Konzerne würden sofort beklagen, dass sie anderenfalls nicht mehr in die Forschung investieren könnten."

„Forschung im Dienste der Gesundheit?", vermute ich ironisch. Heinz: „Ja klar. Die Labore suchen auch nach Corona-Varianten oder ganz anderen Viren." Mama: „Das ganze normale Vorgehen, also."

Heinz: „Ich bin nicht sicher, ob nur der Schutz verbessert oder auch weitere Geschäftsfelder erschlossen werden sollen."

„Weitere Geschäftsfelder?" Heinz: „Für die Pharmaindustrie wäre es doch am besten, wenn die Leute nicht nur einmal sondern regelmäßig geimpft werden müssten. Oder, wenn für mutierte oder andere Viren weitere Medikamente entwickelt und verkauft werden können. Die neuen Produktionsanlagen müssen sich ja rechnen."

Undercover. Merkwürdig, dass Mama ihn noch nicht darauf angesprochen hat. Dabei steht Frage schon seit Tagen nicht nur im Raum sondern ihr auch ins Gesicht geschrieben.

Nun, das interessiert mich schließlich auch: „Sag mal, wie ist es denn überhaupt dazu gekommen, dass Du jetzt hier bist? Also erst in Cascata und nun in dieser Finca?"

Er nickt mir zu, so als habe man ihm nun endlich mal eine vernünftige Frage gestellt. „Die nationalen Sicherheitsbehörden haben die Aktivitäten rund um Genesis schon länger im Auge. Bereits vor Jahren wurden die nicht nur von uns, auch durch Undercover-Agenten internationaler Stellen überwacht."

„Die wussten, was da ablief? Die ganze Genesis-Geschichte?", staune ich.

Heinz: „Natürlich nicht. Die dachten ursprünglich, dass sie es mit einer Umweltschutzorganisation zu tun haben. So etwas, wie Greenpeace."

Er verzieht das Gesicht: „Man befürchtete damals, dass in einer konzertierten Aktion tausende von Tieren aus der Massenhaltung und Versuchslaboren befreit werden sollten. Solche NGOs werden ja besonders streng überwacht." Was soll ich dazu sagen? Außer: „Und weiter?"

Heinz: „Vor zwei Jahren habe ich dann mit jemandem aus dem Genesis-Umfeld Kontakt aufgenommen. Der suchte 'zufällig' einen erfahrenen Buchhalter, der vorbestraft und finanziell am Ende war. Also jemanden, der seinen Job gut machen konnte ansonsten aber froh war, wenn er seine Ruhe hatte. Sprich, nicht wirklich wissen wollte was hinter den Zahlen steckt."

„Und seit dem haben die offiziellen Stellen diesen Trumtier und Genesis im Visier?", vermute ich.

Heinz: „Das hätte ich auch erwartet. Aber bereits eine leise Andeutung in diese Richtung reichte aus mich von dem Fall abzuziehen."

Sein Zeigefinger malt einen Kreis in die Luft. „Dann habe ich Leute von Prometheus kennen gelernt. Die waren wohl auf mich angesetzt und hofften von mir etwas zu erfahren, das ihnen nützen könnte."

Er zuckt mit den Schultern: „Da die als militante Tierschützer galten, wurde ich kurze Zeit später suspendiert, weil ich angeblich mit ihnen gemeinsame Sache gemacht habe. Dafür gab es dann erstaunlich viele Zeugen."

„Aber Deinen Genesis-Posten hast Du behalten, weil die Prometheus-Leute ja zu Genesis gehören?", frage ich.

Heinz: „Könnte man so sagen. Ist aber komplizierter. Am Ende war ich jedenfalls jemand, der von staatlichen Stellen eingeschleust, dann von Genesis-Leuten umgedreht worden war, die in Wahrheit zum Widerstand gehörten." Okay, das wollte ich wohl besser nicht verstehen.

2. Meine Mutter hat uns aufmerksam zugehört und die ganze Zeit über kaum etwas gesagt. Während Heinz sich unübersehbar freut, dass das kleine Mädchen von damals flügge geworden ist, tut sie sich schwer. Dabei war sie es doch, die mir alles erzählt hat, um dazu etwas von mir zu hören.

Doch jetzt fühlt sie sich zurückgesetzt, statt stolz auf mich zu sein. Na ja. Mütter sind wohl manchmal so.

Das ist Heinz natürlich nicht entgangen. Jedenfalls schaut er sie nun mit Anteil nehmender Bewunderung an: „Du hast also von Anfang an Recht gehabt. Diese zynische Genesis-Community ist tatsächlich kriminell, aber auch selbst betrogen worden. Besonders bedenklich finde ich, dass Trumtier das Ganze nach dem Vorbild üblicher Konzernverflechtungen organisieren konnte."

3. „Und da hast mich nicht gewarnt?", schnaubt meine Mama und verdreht empört die Augen. Mein Mund steht offen, weiß nicht was er sagen soll.

Bevor ich ihr eine passende Antwort geben kann, reagiert Heinz schon so, wie ich ihn in Erinnerung habe. Er entschuldigt sich. „Wir hatten Dich erst gar nicht auf dem Schirm und haben Dich dann wieder aus den Augen verloren."

Ich weiß nicht, was mich mehr beeindruckt. Die ruhige Art in der er diese Horrorgeschichte aufgedröselt hat oder die schier endlose Geduld mit meiner Mutter.

März 21: Entscheidungsfindung

Zukunftspläne. Willy denkt allen Ernstes darüber nach in Cascata zu bleiben, zeigt sich aber auch besorgt: „Unsere Vorräte reichen vielleicht noch für zwei Wochen. Die Biotope sind noch nicht autark. Ohne Importe durch Genesis ist bestenfalls ein Leben wie im frühen Mittelalter möglich. Selbst importieren? Von wo? Und ohne jegliches Einkommen?"

Seine nächsten Worte scheinen ihn selbst zu überraschen. „Hmh? Auch wenn das Genesis-Projekt wie geplant durchgezogen worden wäre, hätten wir Probleme. Für ein Fake haben die Konzepte wohl ausgereicht. In der Realität wäre es wohl eng geworden."

Die Aufzählung der Versorgungsprobleme wird deprimierend lang. Energieträger oder Quellen gibt es nicht. Nicht mal fossile, wie Öl, Kohle, Gas? Keine Produktionsanlagen für irgendetwas. Ohne Rohstoffe würden die sowieso nichts bringen. Da könnten auch die paar Handwerker und Techniker im Ort nichts machen. „Selbst wenn wir aus Wind und Sonne Strom gewinnen würden, fehlen uns die Geräte um ihn nutzen."

Er lacht: „Keine Autos, keine Handys. Nichts. Bestenfalls könnten wir Holz verfeuern, uns mit Pferdekutschen fortbewegen und die Post mit Brieftauben verschicken."

2. Amber Sana: „Also müssen wir zurück in unsere alte Welt. Mit dem fliegende Luxusschlitten des Professor müsste das doch gehen."

Nathan: „Schön wäre es. Die Kiste hat kaum noch Saft. Während meiner Rundreise habe ich in keinem Biotop mehr laden können. Batterie und Tank sind so gut wie leer."

Asalan wirft erst ihm dann Heinz einen irritierten Blick zu. Heinz? Den habe ich fast vergessen. Er hat ja auch die ganze Zeit über nichts gesagt. Weil meine Mutter ihn angepfiffen hat, dass er nicht wieder auf dicke Hose machen soll?

Ich patsche mit der flachen Hand auf seinen Rücken. „Sag mal, alter Mann, was ist denn mit dem Aqua-jet mit dem Du mich hier her gebracht hast?"

Heinz: „Klar, Kathy, der noch da. Und genug Saft für ein paar Flüge auch. Willst Du ganz Cascata evakuieren?"

Rainer schüttelt den Kopf. „Das wird nicht nötig sein. Abu hat mir gesagt, dass die Fellachen und die übrigen Dorfbewohner auf jeden Fall hier bleiben wollen. Ihre alte Heimat liegt ja immer noch in Trümmern und die Hilfsorganisationen werden jetzt gar nicht mehr reingelassen."

3. „Also könnten wir mit dem Aquajet zurück nach Hause?" Ich zähle durch. Luja Lisa, Amber Sana, Karan Karlheinz, Wes Willy, Nathan Rainer, meine Mutter und ich.

Nathan alias Professor Untergang: „Mit Asalan und seiner Schwester wären wir neun. Zufällig verfügt so ein Aqua-Jet über genau so viele Sitzplätze."

4. Amber: „Und was ist mit den Koordinaten? Ich denke, die waren nur zentral bei Genesis gespeichert und sind jetzt weg."

Wesley: „Na ja, um den Kurs zu bestimmen, muss man wissen wo man ist und die Zielkoordinaten kennen. Also können wir von zu Hause aus Cascata wohl nicht finden. Aber umgekehrt müsste der Kompass ausreichen. Ein kurzer Flug in Richtung Nordosten und wir sind in Deutschland. Und in so einer urbanisierten Gegend werden wir uns schon zurechtfinden."

Karan: „Und was erwartet uns da? Trumtier ist ja jetzt wohl der mit Abstand reichste Mann der Welt."

Meine Mutter ist wie angeknipst: „Du meinst, der könnte für uns gefährlich werden? Und wenn wir es schaffen ihm den Betrug nachzuweisen?" Ich verdrehe die Augen. Mama wird sich wohl niemals ändern.

Nathan zuckt mit den Schultern: „Was meinst Du, Enrique?" Hmh? Er meint wohl Heinz, denn der macht nun ein ziemlich ernstes Gesicht. „Na ja. Das Ganze ist ja offensichtlich. Zu offensichtlich. Denn da haben die reichsten und mächtigsten Leute der Welt ihre Finger drin. Da wird es wohl keine Ermittlungen geben. 'Too big to fail', wie die Banker sagen."

5. Besorgt sehe ich die roten Flecken im Gesicht meiner Mutter und überlege, wie ich sie beruhigen kann. Aber da geht sie schon auf Heinz los: „Es könnte Dir so passen, dieses Trumtier auch noch ungeschoren davon kommen zu lassen."

Heinz Enrique zieht den Kopf ein und setzt zu einer Rechtfertigung an. Doch Nathans Schützenhilfe ist schneller: „Keine Sorge. Da ist Prometheus vor." „Wieso Prometheus?", hörte ich mich fragen.

Rainer Nathan nickt, als habe er darauf gewartet und beginnt zu erzählen. Wieder mal eine Geschichte seinen Lieblings-Titanen.

Angeblich schuf Prometheus eines Tages eine Aletheia aus Ton, als Inkarnation der Wahrheit. Kaum war er damit fertig musste er weg und ließ alles stehen und liegen.

Sein Gehilfe Dolos blieb allein in der Werkstatt zurück. Aus Langeweile oder warum auch immer, begann dieser Taugenichts eine Kopie der Aletheia aus den Resten nachzuformen. Das gelang ihm überraschend gut. Für die Füße reichte aber der Ton nicht mehr.

Als Prometheus zurückkam, war er von der Kopie beeindruckt. So sehr, dass er auch sie brannte und ihr Leben einhauchte. Auf diese Weise entstand neben einer Aletheia der Wahrheit auch ein Zwilling als Personifizierung der Lüge.

Dolos der Gehilfe galt seit dem als der Dämon des Betruges und der Täuschung schlechthin.

6. Mama hat recht. Dieser Professor konnte schöne Geschichten erzählen. Aber: „Was hat das denn nun mit diesem Trumtier zu tun?"

Sein nachsichtiger Blick ärgert mich ein wenig, aber ich höre ihm aufmerksam zu. „Menschen, wie Trumtier tun alles, um an der Macht zu bleiben. Selbst wenn ihre Niederlage offensichtlich ist, werden sie das nicht akzeptieren und dem Sieger das Leben schwer machen. Solche narzisstischen Typen haben nicht selten viele Anhänger, die co-abhängig sind, sich also mehr um das Wohl des Psychopathen als um ihr eigenen Leben kümmern. Sie können nicht anders, selbst wenn sie dafür die halbe Welt ins Unglück stürzen. Mit einer solchen Gefolgschaft aus Trumtieren und durch sein gigantisches Vermögen ist dieser Psychopath wohl unberechenbar."

Meine Mutter schüttelt ungläubig den Kopf und fragt besorgt: „Was meinst Du wird er jetzt tun?"

Nathan: „Denk doch mal nach. Trumtier hat sich auch in eine Zwickmühle manövriert. Er muss seinen Anhängern ja etwas bieten. Den Fanatikern zum Beispiel Blut und Boden für eine neue Welt. Den Reichen wird es eher um einen geldwerten Vorteil gehen. Schließlich haben sie ihn mit ihren Anteilsscheinen an Genesis finanziert."

Er dreht seine Hand um: „Und wenn er ihnen ihr Geld zurück zahlen muss, sitzt er auf einem riesigen Schuldenberg."

7. Wesley: „Ob ihn das wirklich kratzt?" Heinz: „Oh ja. Einige seiner Gläubiger sind nicht gerade zimperlich. Welcher Diktator oder Mafia-Boss wird schon darüber hinweg sehen, dass ihn jemand dermaßen übers Ohr gehauen hat und immer noch quicklebendig ist?"

Ich sehe ihn mit großen Augen an. „Du meinst, die Frage lautet wie lange die Personenschützer dieses Trumtiers es schaffen ihn vor irgendwelchen Killern zu beschützen?"

Wesley: „Es sei denn es gelingt ihm ein neues Projekt von dem auch seine Gläubiger profitieren. Aber in dieser Größenordnung wird es wohl kaum noch etwas geben."

Heinz: „Aber Trumtier versucht sicher noch mal einen neuen Anlauf. Das zeigt seine Vergangenheit. Wenn man viel Geld in ein Projekt investiert hat und gescheitert ist, wird man vorsichtig und macht eher etwas anderes, weniger riskantes. Nicht so Trumtier. Der macht das gleiche oder ähnliches noch mal und zieht es noch viel größer auf." Hmh? „Noch größer geht es ja wohl nicht?"

Heinz: „Ach Katharina, das neue ist ja oft das ganz alte. Ich habe in den letzten Wochen mitbekommen, dass er sich für Projekte der NASA interessiert hat. Für die von vor fünfzig Jahren."

Nathan: „Ich weiß, was Du meinst. Wenn man die Genesis-Idee ein wenig weiter spinnt, dann geht es vermutlich um Siedlungen auf Mond und Mars. Das ist zwar noch aufwendiger als die Biotope hier. Aber er wird es versuchen."

Er hebt beide Hände an und lässt sie flattern als wolle er einen Vogel imitieren. „Er muss ja alles tun, um in der Luft zu bleiben."
Ich sehe ihn erstaunt an. „In der Luft bleiben?"
Nathan: „Das verstehst du nicht? Er ist doch Corona Dolos, die Krone der Täuschung und kann sein Wolkenkuckucksheim weder verlassen noch mit beiden Beinen fest im Leben stehen."
Okay, Mystik muss man nicht verstehen. Trotzdem: „Was willst du damit sagen?"
Nathan: „ Nun. Das liegt doch auf der Hand. Wie soll er denn auf dem Boden der Tatsachen stehen, wenn er nicht mal Füße hat?

Epilog

Morgen werden wir nach Hause fliegen. Nach Mittelerde, genau genommen erst an den Niederrhein und dann nach Hannover. Mal sehen, was uns dort erwartet.

Dass wir nun zu viert zusammen sitzen hat eigentlich der Heinz eingefädelt. Wir? Das sind Mama, Asalan, seine Schwester Sirin und ich.

Asalans kleine Schwester ist die reinste Wundertüte. Habe ich doch ein verschüchtertes, ungebildetes Mädchen erwartet. Aber vor mir sitzt eine junge Frau mit einer kurzen Rasterfrisur, die ein paar Jahre älter ist als ich.

„Steht Dir gut", sage ich freundlich. Das ist sogar ehrlich gemeint. „Mein Kriegerschnitt", wehrt Sirin ab, „ich wünschte, ich hätte so glatte lange Haare wie Du. Am liebsten in blond."

Nimmt sie mich auf den Arm? Meine Haare sind braun, beinahe schwarz, wie die meiner Mutter. „Warum blond?", frage ich gereizt zurück.

„War ein Scherz. Na ja, im Sudan würdest Du damit ja mehr Kamele einbringen." Um ihre vollen Lippen bilden sich zwei Grübchen.

Hmh? Die hat ja einen skurrilen Humor. Das, was mir als passende Entgegnung einfällt, schlucke ich wieder runter. Schließlich weiß ich ja, was sie erlebt hat.

Sirin: „Frag ruhig. Nein. Der alte Sack nichts für mich bezahlen müssen. Ich war ein Geschenk für ihn, weil er ein so guter Vater war." Kann sie Gedanken lesen? „Wie? Guter Vater?"

Sie verzieht grimmig ihre Miene. „Na, der hat seinem tollen Sohn einen Sprengstoffgürtel umgeschnallt und zum Marktplatz geschickt."

Ein schlechter Scherz? Ich sehe sie fragend an. „Nicht zum Einkaufen, wenn Du das meinst", schiebt sie leise hinterher. „Der arme Kerl", brumme ich und: „Was für ein Arsch von Vater."

Sie schaut mich an als habe sie in eine Zitrone gebissen. „Sag das nicht. Sein Vater wollte ihm sogar eine Jungfrau dafür opfern." „Im Himmel?"

„Klar", nickt sie. „Scheiß was auf die Jungfrau, wenn er tot ist", platzt es aus mir heraus.

„Sag mal, wie redest Du eigentlich über mich?", gibt sie sich empört. „Wieso Du?", frage ich, dann fällt der Groschen und meine Kinnlade herunter. „Das Schwein wollte Dich töten?"

„Als Schwein würde er ja nicht in den Himmel kommen. Im Gegensatz zu mir." Das klingt bitter, da hilft auch ihr schwarzer Humor nicht.

Ich traue mich fast nicht es zu fragen. „Aber Du bist doch hier?" Sie presst die Lippen aufeinander. „Der Arsch war so in sein Ritual für die Opferung vertieft, dass ich Zeit hatte mich von den Fesseln zu befreien."

Während sie so locker daherredet als ginge es um eine Shoppingtour, schnellt mein Puls in die Höhe. „Und Du bist dann weggelaufen?"

„Klar", grinst sie böse, „natürlich erst nach dem ich ihm einen Fuß abgehackt habe. Sonst hätte der mich möglicherweise noch verfolgt oder einen Suchtrupp zusammen getrommelt."

Ich sehe sie entgeistert an. „Abgehackt?" „Ja klar, er hatte ja die Machete schon für mich bereit gelegt." Sie legt ihre Hände auf den Tisch und zieht die Schultern hoch.

Hmh? Ich bin ja inzwischen von meiner Mutter einiges gewohnt. Aber so etwas? Vielleicht hat sich diese Geschichte, in der sie nicht mehr ein hilfloses Opfer ist, ja ausgedacht, um ihre grauenhaften Erfahrungen überhaupt verkraften zu können. Ganz sicher bin ich mir allerdings nicht.

Asalan fasst energisch die Hand seiner kleinen Schwester: „Sinin, hör jetzt auf damit."

Auch meine Mutter sieht erst mich, dann sie besorgt an. Hmh? Ich habe mich sowieso gewundert, dass die beiden sich nicht schon eher zu Wort gemeldet haben. Na ja. Zwischen den beiden knistert es wie in einem offenen Kamin. Vielleicht schlägt einem das Händchenhalten ja auch auf die Ohren.

Sinin schaut erst ihren älteren Bruder, dann meine Mutter an und lacht. „Okay, aber nur, wenn Du mit der Ruth so weiter machst."

Mama wirft Asalan einen kurzen Blick zu und öffnet den Mund. So wie ich sie kenne, wird sie nun Sinin streng zur Ordnung rufen.

Ich komme ihr zuvor. „Hast Du Asalan eigentlich schon auf sein Schattendasein vorbereitet? Oder hast Du ihm noch nichts von Günes erzählt?" Okay, das war gemein.

Mamas Miene nach zu urteilen ist sie schwer beleidigt. Ich ducke mich zusammen und warte, ob sie mir nun eine verbale Breitseite verpassen oder losheulen wird.

Asalan kommt ihr zuvor und tätschelt meine Schulter. „Günes ist türkisch. Ich weiß, was das heißt. Und Ruth weiß, das ich für sie jede Sonne in den Schatten stelle."

Hmh? Er kennt sie wohl und weiß sie auch zu nehmen. Na ja. Mama ist eben Mama und Asalan wohl ihr Flaschengeist.

Er lacht. „Ich bin ja Sinins älterer Bruder. Liebe Katharina, ich bin sogar so viel älter, dass ich gut und gerne Dein Vater sein könnte. Ich hätte nichts dagegen. Was sagst Du denn dazu?"

Okay. Eine Retourkutsche habe ich vielleicht verdient. Aber so eine? „Du spinnst."

„Tut er nicht!", höre ich meine Mama und Sinin grölen. Immerhin lachen sie dabei.

Ende